니는 혼자가 아이다

■ **일러두기**
  이 책은 심재훈의 일생을 김미조 작가가 인터뷰를 통하여 소설로 재구성한 것입니다.

니는 혼자가 아이다

심재훈 · 김미조

가디언

● 차 례 ●

1968년,
사월의 어떤 이별

　지난 수년간 신문은 독일행 비행기에 올라타는 간호사들과 그들을 배웅하는 이들로 꽉 찬 김포공항 활주로의 사진을 실곤 했다. 그 때문인지 재훈의 머릿속에 박힌 활주로의 이미지는 뭔가 번잡하면서도 생동감이 넘쳐흐르는 곳이었다. 하지만 지금 그의 눈엔 휑하니 넓은 공간에 덩그러니 놓인 미국행 비행기 한 대만 보일 뿐이다. 한 시간 후 비행기는 제 옆구리의 껍질을 까내 여행자들이 올라탈 계단을 바짝 붙이도록 허락할 것이고, 두 시간 후엔 긴 활주로를 유유히 뛰어 저 높은 하늘로 오를 것이다. 견고하고 매끈한 날개가 제 몸체를 하늘 높이 띄우는 광경을 직접 눈으로 보고 싶었다. 하지만 재훈은 떠나는 비행기를 배웅하는 쪽이 아니라 비행기의 몸체 안에서 점점 멀어지는 땅을 내려다보게 될 탑승객 쪽이다.

　"아버님께서 오신다고 했제?"

　인향의 목소리에 재훈은 고개를 돌린다.

"오겠지, 안 오겄나?"

인향 모친이 대신 대답한다. 제 딸이 중학교 교사로 일하며 뒷바라지를 해준 덕에 의대 공부를 무사히 마친 사위의 미국행을 알게된 이후론 말끝마다 가시를 드러냈다. 겨우 육 년이었다. 재훈이 의사로 일하며 가장으로서 책임을 다했던 건. 그런데 그 육 년간 번 돈마저 재훈의 미국 생활에 다 쏟아붓게 되었으니 심사가 뒤틀릴 수밖에 없다. 1년 안에 자리 잡고, 제 식구를 데리러 다시 한국에 올 것이라는 재훈의 약속도 그녀에겐 아무 힘을 발휘하지 못했다.

그렇다는 걸 재훈도 알고 있었기에 웬만하면 장모와 부딪히지 않으려 애썼다. 지금도 그는 장모의 말을 듣지 못한 것처럼 공항 로비를 쓱 둘러본다. 여행자와 그를 배웅 나온 이들로 구성된 무리가 곳곳에서 작별의 인사를 나누느라 분주하다. 중앙 기둥 쪽 젊은 남녀는 조금 전부터 서로 부둥켜안은 채 울고 있었는데, 아직도 그러고 있다. 출입문 가까이엔 정장을 잘 차려입은 남자가 큰 가방을 발치에 두고 홀로 앉아 있다. 그를 배웅 나온 이는 보이지 않는다. 재훈은 차라리 그가 부럽다.

잠깐 앉아 있는 그 시간도 답답해 다시 일어서려는 참이다. 그보다 먼저 인향이 벌떡 일어선다.

"아, 아버님……."

인향의 시선이 향한 곳엔 잿빛 양복을 멋들어지게 차려입은 남자가 있다. 재훈의 아버지인 근섭이다. 그는 함께 온 영조와 모친을 뒤로한 채 빠르게 걸어와서는 엉거주춤 서 있는 재훈을 와락 껴안는다.

예상치 못한 상황에 놀란 건 재훈만이 아니다. 인향은 시아버지인 근섭에게 인사를 할 새도 없어 뒤로 물러섰고, 인향 모친은 불퉁한 표정을 숨기지도 않고 인향 옆으로 가버린다. 근섭이 포옹을 풀자 이번엔 영조의 부축을 받고 한발 늦게 온 성인이 재훈의 두 손을 덥석 잡고는 "아이고, 우리 귀한 손자. 인자 가면, 또 은제 보겠노."라고 살갑게 구는 것이다.

적잖이 이상하다. 삼십삼 년 인생을 통틀어 아버지인 근섭과 산 시간은 고작 3년이다. 그 3년도 여러 개의 시간 조각을 짜맞춰 이어 붙인 것이라 연속성조차 없다. 함께 보낸 시간이 짧은 만큼 지금처럼 보자마자 자신을 덥석 안을 정도로 부자의 정이 깊지도 않다. 할머니인 성인도 손자인 재훈을 이처럼 살갑게 대한 적이 없다. 마치 누군가를 의식하고 보여주는 행동을 하는 듯한 느낌. 그런데 누구에게? 적어도 인향이나 인향 모친은 아닐 것이다.

믄 일인교?

재훈은 슬쩍 한발 물러서며 근섭의 동거녀인 영조에게 눈짓을 보낸다. 구경꾼처럼 흥미로운 눈으로 쳐다보고만 있던 영조는 의미심장한 표정으로 피식 웃는다. 그러곤 고갯짓으로 오른편 뒤쪽을 가리킨다.

영조가 가리킨 곳에는 어머니인 귀히와 그녀의 남편인 이씨가 서 있다. 조금 전 그들을 태운 택시는 근섭 일행이 탄 택시 바로 뒤에 섰었다. 택시 안에서 귀히는 거동이 불편한 모친을 부축한 근섭을 얼핏 보았지만, 그가 자신의 전남편임을 알아차리지 못했다. 30년 가까운 세월을 본 적이 없으니 한눈에 알아보지 못한 건 당연한 일이기도 했다. 그런데 공항 출입문 앞에서 다시 근섭 일행과 맞닥뜨렸고, 귀히와 근섭은 거의 동시에 서로를 알아보았다.

  - 여가 어데라고, 니깟년이 왔노?

근섭 모친은 노기를 띤 목소리로 버럭 소리부터 질렀다. 그 탓에 주변 사람들이 그들을 쳐다보았고, 이씨는 자신의 아내 앞을 재빨리 가로막는 것으로 근섭 모친의 시선을 차단해 버렸다. 근섭과 근섭 모친은 적대감을 고스란히 드러냈고, 귀히는 특유의 차분한 표정을 유지한 채 담담히 서 있었다. 영조와 이씨는 양쪽에서 딱히 설명

해 준 것도 아닌데 모든 상황을 바로 알아차리고, 영조는 귀히를 이
씨는 근섭을 살피듯 쳐다보았다. 그렇게 삼십여 초쯤 지났을 때다.

- 마, 무시하소. 재훈이가 우덜 기다리다 목 빠지겠네.

근섭이 말했다. 그는 영조와 모친을 문 안쪽으로 먼저 보낸 후 귀
히를 보고선 혀를 끌 찼다.

- 니 아들 아이다. 내 아들이다. 니가 근데 여까지 오노?

- 머꼬, 유치하게.

근섭은 귀히 대신 말하는 이씨를 한번 노려보곤 출입문 안으로 들
어서 버렸다.

재훈은 이러한 상황을 직접 본 것도 아닌데, 어머니를 본 순간 아
버지와 할머니의 지나친 애정 공세를 이해해 버린다.

- 내는 배웅 안 나간다. 알제?

대구까지 내려가 미국행 소식을 전한 재훈에게 귀히는 담담하게
말했었다.

- 와, 안 가노? 쟈가 이제 가면 은제 올지도 모르는데. 니 엄마 데
리고 공항에 나가꾸마.

이씨가 장담했었다. 마치 귀히에 대한 모든 권한을 가지고 있기라
도 한 듯 으스대는 말투였다.

- 만다고, 야 아비도 나올 낀데.

귀히는 질색하며 단호하게 선을 그었다. 그 때문에 당연히 나오지 않을 줄 알았다.

왜?

재훈은 선뜻 어머니 쪽으로 다가서지 못한다. 아버지와 할머니를 의식해서는 아니다. 시댁 어른의 눈치를 보는 인향을 배려해서도, 비웃는 듯 한쪽 입술을 올린 이씨가 보기 싫어서도 아니다. 어느 여름날, 뜨겁게 달아오른 길바닥에서 소리 내어 울었던 한 소년이 문득 떠올라서다.

- 내캉 가자, 내캉 살자. 빌어먹을 개자식과 살지 말고. 내캉! 내가 엄마 하나는 먹여 살릴 수 있다고!

열여섯 소년은 낯선 길에서 시뻘겋게 달아오른 얼굴로 고래고래 소리를 질렀었다. 하지만 귀히는 아무 대꾸도 없이 돌아서버렸다. 그렇게 등을 보인 엄마를 처음 본 것도 아닌데 그날은 유독 상처가 되었다.

- 여까지 찾아온 내 두 발을 작두로 잘라버리고 싶다. 다시는 내 얼굴 볼 생각 마라!

꾹 참았던 눈물이 길모퉁이를 지나자 왈칵 쏟아졌다. 그러고선 어딘지도 알 수 없는 길을 한참을 헤맸었다. 그 기억을 선명하게 가지고 있는데도, 그래서 다시는 엄마를 찾지 않겠노라 마음을 먹었는데도 이후로 몇 번이나 귀히에게 갔었다. 하지만 귀히가 먼저 재훈을 찾아온 적은 없다.

왜?

긴 이별을 앞두지 않았다면, 먼저 저를 찾지 않았을 여자의 눈동자에 뿌연 안개 같은 것이 서려 있는 것이 보인다.

뭐가 그리 애틋해서…….

재훈은 이번에도 먼저 어머니를 향해 걸어간다.

1부
그 여자들과 어린 방랑자

1934년, 귀히의 탈출기

1

'이리 살아야 한다고? 아이다. 내는 이렇게는 몬 산다.'

유난히 후덥지근해 가만있어도 겨드랑이가 축축해지는 8월의 정오, 귀히는 방을 닦던 걸레를 던져버린다. 외출복으로 갈아입고, 문갑 속 옷가지를 챙기곤 방을 나와 길과 바로 연결된 부엌문을 연다. 그러자 이웃집 여자와 수다를 떨던 시어머니가 놀라 돌아본다.

"뭐꼬? 니?"

"집에 갑니더."

"머?"

"잘 계시소. 인자 절대 볼 일 없을 끼라예."

시어머니는 며느리가 지금 무슨 말을 하는지 알겠느냐는 표정으로 이웃집 여자를 본다. 이웃집 여자도 지금 상황을 이해할 리가 만무하다. 시집온 지 석 달밖에 되지 않은 새색시가 서슬 퍼런 시어머니에게 '집에 간다'고 말하는 경우를 이제껏 본 적이 없다. 이웃집 여자도 적지 않게 놀라서는 자기 앞을 쓱 지나치는 귀히를 붙잡을 생각조차 못 한다.

귀히는 긴장감을 숨긴 채 평소와 다를 바 없는 걸음걸이를 유지한다. 그렇게 무사히 두 여자를 지나쳤다고 생각한 순간이다. 후다닥 달려오는 소리가 들리는가 싶더니 그녀의 몸이 뒤쪽으로 휘어진다. 시어머니가 우악스럽게 그녀의 머리끄덩이를 잡고선 잔뜩 힘을 준 탓이다. "이게 미쳤나. 머, 집? 여가 니 집이다! 이년아!"라고 소리를 질러대며, 다른 한 손으로는 귀히의 손에서 보따리를 낚아챈다. 그 통에 귀히 머리끄덩이를 잡은 손의 힘이 살짝 풀어진다. 귀히는 그 틈을 놓치지 않고 두 손으로 시어머니의 손을 억지로 떼어내고선 뒤도 돌아보지 않고 달린다.

"저, 저, 문디 가시나! 여 온나. 안 오나!"

몇 걸음 쫓다 말고 시어머니는 제 화를 참지 못해 발만 동동 구른다. 마흔을 넘은 나이에 새끼 망아지처럼 힘차게 뛰는 스무 살 며느리를 끝까지 쫓아갈 엄두가 나지 않아서다.

귀히는 더는 시어머니의 목소리가 들리지 않는데도 달리고 또 달린다. 숨이 턱 끝까지 차오르고, 허벅지의 힘줄이 당겨 저릿한데도 시어머니에게 붙잡힐까 멈추지를 못한다.

'안 간다, 몬 간다. 내가 와, 내가 머가 부족해서. 죽어도 당신처럼 안 산다, 몬 산다.'

남편이 버젓이 살아 있는데도 과부가 되어버린 시어머니처럼 살 수는 없다. 시어머니는 혼례식을 치른 첫날밤에 제 남편으로부터 '내는 니랑 못 산다.'라는 말을 들어야 했었다. 스물한 살의 잘생긴 신랑은 저에게 시집온 열여덟 신부에게 돌려 말하지도 않았다. 그는 자기에 겐 이미 사랑하는 여자가 있으며, 그 여자와 평생을 살기로 했으니, 당신은 알아서 살라, 같은 말까지 당당하게 보태곤 그길로 집을 나서 려 했다.

  - 일 년만, 일 년만 여서 머무소. 내를 위해서가 아이고, 당신 부모 님 생각해서라도.

  새색시는 새신랑의 바짓가랑이를 붙잡고 늘어졌다. 사랑보다 무서 운 게 정이라고, 정만 붙으면 남자가 저를 이처럼 버리지는 않을 거 라 여겨서다. 하지만 남자는 제 부모의 눈치를 보느라 한 달 정도만 본가에서 살다가 이후론 아예 발걸음을 끊다시피 해버렸다.

  - 나는 니 냄편 맴도 못 잡고, 머했노. 몬났다. 억수로 못났다.

  그녀는 틈만 나면 시어머니로부터 이런 핀잔을 들어야 했다.

  - 마, 기다려봐라, 지가 은제까지 첩을 끼고 살겠노. 내 자슥이라 내가 잘 안다. 꼭 돌아올 끼다.

  용케 남편의 아기를 임신했다는 것을 알게 되었을 때, 시아버지는 제 딴엔 가장 지혜롭다고 생각되는 말로 그녀의 마음을 다독여주기 도 했다.

  은제요? 아버님. 아버님 자슥이 은제 내를 봐줄까요?

  성인은 목구멍까지 차오른 말을 꾸역꾸역 삼켰다. 속에 들어찬 말 을 꺼내는 순간 졸렬한 위로조차 받지 못할 거라는 것을 알았기 때 문이다.

  아버님 말씀이 맞다. 심씨 집안의 맏며느리로 시부모를 잘 모시면서 아이를 키우고 있다 보면, 언젠가 돌아오겠지. 다른 건 몰라도 지 부모고, 지 자슥인데, 설마 이대로 영영 돌아오지 않을까.

이렇게 믿었다. 하지만 시아버지와 시어머니가 차례로 세상을 떠나고, 아이가 자라 결혼을 했어도 남편이 다시 집으로 돌아오는 기적은 일어나지 않았다. 그런데도 그녀는 자신에게 다른 선택권을 주지 않았다. 그녀의 할머니가 그랬고, 그녀의 어머니가 그랬다. 당연히 자신의 며느리인 귀히도 그래야 했다.

－근섭이가 은제까지 밖으로만 떠돌겠노. 내 자슥이라 내 잘 안다. 그놈아가 지금은 저래도 꼭 돌아올 끼다.

아들은 제 남편과 똑 닮아 있었다. 훤칠하게 큰 키와 잘생긴 얼굴뿐 아니라 결혼도 하기 전에 다른 여자와 살림부터 차리는 게 그랬다. 집안 어른의 중매로 진행된 결혼식만 군말 없이 치르고, 이후론 제 마음 가는 대로 사는 것도 남편보다 더하면 더했지, 못하지는 않았다. 그런데도 그녀는 시아버지가 그랬던 것처럼 제 며느리에게도 올가미 같은 희망을 은근슬쩍 걸어두려 했다. 기다리고, 또 기다리다 어느 사이엔가 저처럼 지쳐서는 포기하고 그저 심씨 가문 며느리의 의무만 다하는 사람을 만들자면 꼭 필요한 일이었다. 그런데 어린 며느리는 그 옛날 자신과 달리 되물었다.

－맞아예? 어머님은 진짜루 그렇게 믿으예?

세월에 잠식당하지 않는 영민한 눈동자가 어쩐지 마음에 들지 않았다. 애당초 보통고등학교를 나온 여자를 며느리로 들이는 게 아니었는데. 제가 똑똑한 줄 알고 세상 무서운 줄 모르는 게 딱 천둥벌거숭이다. 심사가 뒤틀렸다.

- 니 애비어미가 글케 가르치더나? 으른한테 따박따박 말대꾸하라고.

- 그게 아이라…….

- 됐다. 빨래나 해라. 가시나가 되바라지가지곤. 으데 눈을 동그랗게 뜨고 잘난 척이고. 이러니 니를 누가 좋아하겠노.

이제 귀히의 귀에는 시어머니의 목소리가 들리지 않는다. 시댁이 있는 골목길을 벗어나 변천정 박품관 쪽으로 가는 큰길로 들어서서는 그제야 숨을 고르곤 뒤를 살핀다. 저를 쫓는 이는 없다. 허연 두루마리를 입은 두 남자가 그녀를 쓱 지나치며 곁눈길로 볼 뿐이다. 괜히 움츠린다. 남자들이 보이지 않을 즈음에야 치마 허리춤에 넣어둔 돈을 꺼내 꼭 쥔다. 시집에 오기 전 요긴하게 꺼내 쓰라고 어머니가 준 돈이다. 귀히는 다시 걷기 시작한다. 저 멀리서부터 다가오기 시작한 전차가 넓은 길 한가운데를 가로지른다. 거리의 사람들은 저마다 제 갈 길을 가는 중이고, 건물 앞에 가판대를 놓고 장사를 하는 사람들은 손님을 끄느라 목청이 터지게 소리치고 있다. 넓은 길이 통째로 번잡하게 움직이는 것 같은 느낌이다. 귀히는 최대한 건물 쪽에 붙어 걷다가 제일 먼저 보이는 인력거를 세운다.

"부산역, 역으로 가 주시소."

2

인쇄전이 즐비하게 늘어선 계산 오거리 골목을 빠져나가자 남문장터 사거리가 나왔다. 귀히는 오른쪽의 꽤 넓은 길로 들어선다. 어렸을 땐 놀이터였고, 보통학교에 진학할 즈음부턴 매일 오갔던 길이다. 그제야 경직된 어깨의 힘을 푼다. 부산역에서 대구행 기차를 탄후에도 그녀는 의자에 편히 앉아 있지를 못했다. 이미 역사를 떠나덜컹덜컹 달리는 기차에 무릎이 시원찮은 시어머니나 집에는 있지도 않았던 남편이 올라탈 일은 없었다. 그런데도 그들이 자신이 앉아 있는 곳으로 걸어와 자신의 목덜미를 움켜쥔 채 객실에서 개처럼 질질 끌어낼 것만 같아 자꾸만 주변을 두리번거리곤 했다.

스무 걸음 정도 걷자 근방에서 유일한 이층집이 나온다. 시집가기 전만 해도 제집이었던 집이다. 고작 3개월이 지났을 뿐인데도 마치 처음 보는 집처럼 낯설기만 하다. 대문에 귀를 갖다 대본다. 안에선 어떤 인기척도 느껴지지 않는다. 그제야 대문을 연다. 늦은 저녁의 끄무레한 기운이 스며들기 시작한 마당이 모습을 드러낸다. 마당을 가로질러 현관을 열자 어머니의 신발이 놓여 있는 것이 보인다. 부엌에선 일하는 아이가 뭔가를 하고 있는지 부스럭거리는 소리가 들린다.

귀히는 뒤꿈치를 살짝 들고선 살금살금 이 층 제 방으로 가서는 조심스럽게 방문을 연다. 깔끔하게 정돈된 방이 드러난다. 문 맞은편에 걸려 있는 옷이 마치 사람처럼 자신을 내려다보고 있는 듯하다. 어둑해진 탓에 그 모양새가 흐릿하긴 해도, 그것이 대구공립여자고등보통학교(지금의 경북여고) 교복임을 알고 있다. 졸업식을 마지막으로 입은 후에도 버리지 않고, 제 손으로 상장처럼 걸어 두었기 때문이다. 방 안쪽의 공부상도 흐릿하게나마 형체를 드러내고 있다. 시집가기 전과 다를 바가 없는 방을 보니 안도감이 든다. 그대로 방 안으로 들어가 불도 켜지 않고 눕는다. 그러자 잠 귀신이 득달같이 달려들어서는 그녀의 몸을 지하 저 아래로 끌어당겨 버린다.

다…….

누군가 귓가에 대고 속삭이는 것 같다.

꿈이면 얼마나 좋겠노…….

*

석 달 전 혼례식이 있었던 날이다. 혼례복을 곱게 차려입은 귀히는 도톰한 이마를 살짝 찡그린다. 한 시간이 넘도록 같은 자세로 앉아 있었던 탓에 어깨가 결리고, 허벅지는 당기고, 정강이는 저린다. 마음 같아선 거추장스러운 족두리와 비녀를 머리에서 빼내고, 소매 넓은 원삼과 무거운 치마를 벗어던지고 싶다. 하지만 그럴 수는 없어 양반다리를 풀고 두 다리를 앞으로 쭉 펼친다. 그때 문이 열리고, 순덕이가 재빨리 들어선다.

"신랑 왔나? 밖이 분주한 것 보니 온 거 같은데."

"어데예. 손들이 가느라고."

"맞나? 우짜면 좋노. 이게 말이 되나? 하나를 보면, 열을 안다는데……. 혼례식에 늦는 사람과 꼭 혼인해야 하나……. 가족들은 어쩌고 있노?"

"언니들은 어르신들에게 죄송하다고 조금만 더 기다려달라고 부탁하고 있어예. 마님은 허옇게 질려서는…… 부엌에서 혼자 울어예……. 혼례식에서 버림받으면, 은니가 남사시러워서 우째 사나고……."

"남사시럽기는 머가 남사시럽노. 이런 날 지각하는 놈이 남사시럽지. 마, 잘됐다. 안 그래도 덥고, 갑갑했는데……."

한 시간이나 기다려준 것만으로도 자기 할 바는 다했다는 생각에 거추장스러운 족두리부터 풀어버린다. 뒤이어 원삼을 벗어선 방구석으로 휙 던지고, 깊숙이 허리를 숙여 두 손으로 발을 꽉 조이는 버선을 벗기려 했다. 그런데 신랑 신부도 없이 초례청만 덩그러니 놓여 있는 마당에서 몇몇 사람이 떠드는 소리가 들려온다. 순덕은 문을 살짝 열고 얼굴만 내밀어 밖을 본다.

"아이고야, 왔네, 왔어. 은니, 왔어요."

"하……. 씨. 오려면 벗기 전에 오든가. 저기 원삼 좀."

귀히가 급하게 원삼을 걸치는데, 방문이 살짝 열리더니 모친이 불쑥 얼굴만 디밀곤 빠르게 말했다.

"신랑 왔다. 아이고, 시어마씨야. 그, 뭐시냐, 니 서방, 혼례복으로 갈아입으야 하니까, 쫌만 기다려. 순덕이 니는 와 여 있노? 퍼뜩 나와서 이웃 어르신들 다시 데려온나."

다시 홀로 남은 귀히의 어깨 아래로 걸치다 만 원삼이 주르륵 내려온다. 방바닥에 아무렇게나 뒹굴고 있는 족두리의 칠보 장식은 부들부들 떨고 있다.

혼례식에도 늦는 놈과 우째 사노.

귀히는 제 신랑이 될 남자의 얼굴이 도무지 생각나지 않는다. 그저 훤칠한 키에 꽤 잘생겼다는 인상만 남아 있다.

얼굴 뜯어 먹으면서 살 것도 아이고.

4월의 햇살을 가득 받아 밝게 빛나는 창호를 멍하니 바라본다. 이대로 어디론가 훨훨 날아가 버리고만 싶다. 그렇게 생각해서인지 원삼의 넓고 긴 소매가 순식간에 흰 깃털로 뒤덮이더니 멋들어진 날개로 변해버린다. 크고 아름다운 날개를 몇 번 파닥여 본다. 그러자 무언가가 저 하늘 먼 곳에서부터 이쪽을 향해 쏜살같이 날아든다.

어, 봉황이다.

이제껏 한 번도 봉황을 본 적이 없다. 그러니 저를 향해 오는 새가 봉황인지 아닌지 구분할 수도 없는데 이상하게도 봉황이라는 것을 그냥 알아버린다. 귀히는 자연스럽게 두 날개를 양쪽으로 펼친다. 그러자 봉황은 기다렸다는 듯 귀히의 품 안으로 달려든다.

예쁘구나.

귀히는 조금 전만 해도 저 먼 하늘을 향해 날아갈 생각이었다는 것을 까맣게 잊어버리고, 그저 두 날개로 봉황을 꽉 껴안고선 봉황의 눈을 마주 본다.

아이야, 정말 예쁘구나.

*

"일나라. 귀히야, 일나바라."

허공 어디에선가 모친의 목소리가 들리자 봉황새가 순식간에 사라져버린다. 무겁게 가라앉은 눈꺼풀을 억지로 뜬다. 자신을 내려다보고 있는 모친과 순덕의 얼굴이 보인다.

"아……."

그제야 자신이 친정에 와 있다는 것을 깨닫곤, 천천히 몸을 일으
킨다.

"머꼬, 니 와 여 있노? 은제 왔노?"

"아까징에."

"아까징에, 은제? 시어마씨 허락은 받고?"

"……."

"니 신랑이 보내주더나?"

"……."

"퍼뜩 말해바라."

"엄마."

"오야, 말해바라."

"신랑이 뽀로로다."

"머라 카노."

"맨날 뽀로로 기어나간다."

"그래서 니도 뽀로로 기어나온 기가?"

"내는 기냥 나온 기고."

"시어마씨가 허락카더나?"

귀히는 대답 대신 순덕을 본다. 그냥 선만 하나 툭 그어 둔 것 같
은 작은 눈을 끔벅이는 모양새가 저도 궁금하니 빨리 말하라고 하는
듯하다.

"밥 좀 채려도."

"아……. 지, 지금예?"

"어."

"지금 밥이 문제가? 시어마씨 허락받고 왔제?"

"배고프다."

"니 퍼뜩 나가서 야 밥 좀 차려 오니라."

순덕은 입술을 삐죽이며 밖으로 나간다.

"인자 씨부려바라. 여 와 있노? 쫓겨난 건 아이제?"

"내가 와 쫓겨나노?"

"그라믄 됐다. 아무리 허락받고 왔어도 여 오래 있으면 못쓴다. 내일 아침 기차 타고……."

"이혼할 끼다."

"……"

"합의 이혼."

귀히는 언젠가 사람이 너무 놀라면 목소리가 나오지 않는다는 말을 들은 적이 있다. 그런데 지금 모친이 딱 그 상황인 듯했다. 입술을 달싹거리고는 있는데 소리는 내지 못한다. 왼쪽 눈 밑 얇은 피부가 파르르 떨리는가 싶더니 곧 양 볼살이 파들거린다. 부잣집 막내딸로 태어나 평생 험한 일 한번 한 적 없어 곱기만 한 손가락들은 허공에서 피아노라도 치는 듯 움찔거리고 있다. 귀히는 모친의 두 손을 꽉 잡는다.

"내 말 단단히 들으소. 나는 절대 시댁에 안 간다. 엄마가 나를 때려죽인다 케도 할 수 없다. 마, 여서 콱 죽는 게 낫다."

26

순덕이 쟁반에다 밥과 나물 반찬을 올려 두고 큰 사발에다 펄펄 끓은 재첩국을 뜰 즈음이다. 활짝 열린 부엌문 안으로 쇠를 긁어대는 것 같은 목소리가 냉큼 들어선다. 놀라 부엌 밖으로 나온 순덕은 조금 전보다 더 날이 선 귀히 모친의 목소리를 듣는다.

"미친 가시나. 그래라. 여서 죽어라. 니 죽고 내 죽자!"

수년 전, 제 엄마의 손에 이끌려 귀히 집에 왔을 때 귀히는 고등보통학교 학생이었다. 보통학교 진학은커녕 글자도 배운 적이 없던 순덕의 눈에 귀히는 감히 쳐다볼 수 없을 정도로 높은 곳에 있는 귀한 아가씨였다. 그런데 그 아가씨가 픽 웃으며 '아가씨가 머꼬? 마, 은니라고 해라.' 고 말하자 어쩐지 어깨가 으쓱해졌다. 니 아나? 내도 여학교 댕기는 은니 있다. 만약 주변에 친구가 있었다면 그 언니가 친언니가 아니라는 것까진 굳이 밝히지 않고 이렇게 자랑했을 것이다. 누가 뭐라 하든 두 살 어린 저를 알뜰히 챙겨주는 귀히를 친언니처럼 따랐다. 귀히의 혼례식 날이 잡혔을 땐 아무도 없는 곳에서 부모라도 죽은 듯 엉엉 우느라 두 눈이 퉁퉁 붓기도 했었다.

하지만 가끔은 가난한 농사꾼의 딸로 태어나 남의 집 식모로 사는 제 처지와 비교되어 귀히가 못 견디게 부럽기도 했다. 특히 어머니의 사랑을 듬뿍 받는 모습이 그랬다. 제가 경험한 세상에서 딸은 그저 어머니의 일손을 덜어주거나 제 먹을거리는 알아서 찾아야 하는 존재였을 뿐이다. 그런데 이 집안은 그러지 않았다. 귀히 모친은 막내아들은 물론이고 넷이나 되는 딸 모두를 귀히 여기는 것 같았기에 '시상엔 이런 엄마도 있구나.' 고 혼자 탄복한 적이 한두 번이 아니었다.

그런데 지금 그 엄마가 욕설을 퍼부으며 막내딸을 정신없이 패고 있다. 순덕은 재빨리 방 안으로 들어서서는 귀히에게서 귀히 모친을 떼어낸다. 그제야 고개를 들고 상체를 일으킨 귀히의 몰골은 말이 아니다. 머리카락은 엉망으로 헝클어져 있고, 오른쪽 뺨엔 붉은 손자국이 나 있다. 블라우스의 위쪽 단추들이 뜯어진 탓에 가슴골이 고스란히 드러났는데, 흰 피부엔 손톱으로 긁은 것 같은 자국이 있기까지 하다.

"아이고, 고운 얼굴이……."

"비키라. 쟈 죽이고, 내도 죽을란다."

"와 이럽니꺼? 참으시소."

"비키라 안 카나!"

"아이고, 마님, 이러다 은니 진짜 죽습더."

"죽으라고 때렸다! 살라고 때렸겠나? 이혼할 빼사 죽는 게 낫다. 쟈도 죽는다 카더라. 오야, 죽자. 야 뒤에 숨지 말고, 인 온나."

"이, 이혼……? 은니가예?"

"귓구멍이 막혔나, 숭한 말을 와 또 입에 올리게 만드노?"

순덕은 너무 놀란 나머지 귀히에게 달려드는 귀히 모친을 그저 쳐다만 본다.

*

순덕은 까막눈이지만 세상 돌아가는 일을 제법 알고 있었다. 대부분은 남문 장터에서 귀동냥으로 들은 것들인데, 이혼이 그랬다. 수년 전부터 여자가 먼저 이혼을 요청하는 일이 종종 발생했는데, 신문은 이러한 일을 새롭게 등장한 사회문제로 다루곤 했었다.

시상 돌아가는 꼬락서니가 우째 이따구고. 가시나들이 믄저 이혼을 입에 올리는 게 말이나 되나.

신문이 더 문제다. 이따구 기사를 자꾸 내니까, 가시나들이 신여성이니 머니 헛소리를 지껄이며 따라 하는 거 아이가.

장터 여론은 대체로 부정적이었다. 이혼에 대한 다른 의견을 듣거나 나눌 기회 같은 게 없었던 순덕도 신문을 읽다 버럭 화를 내는 남자들의 말만 듣고, 그 말들을 자기 생각으로 굳혀버렸다. 그래서 귀히 모친이 귀히를 쥐 잡듯이 잡을 때도 차마 귀히의 편을 들어줄 수 없었다.

"꼭 이혼해야겠는교? 안 하면 안 되겠는교?"

한 날은 이렇게 묻기도 했다.

"와? 니는 내가 여 사는 게 싫나?"

"그게 아이고……. 내는 은니가 나쁜 사람으로 욕먹을까 봐……."

"하하하. 누가 그러더노? 이혼하면 나쁜 사람이라고. 순덕아, 진짜 나쁜 게 믄지 아나?"

"믄데요?"

"자기를 사랑하지 않는 거, 그게 젤루 나쁜 기다."

"그, 그게 이혼이랑 믄 상관인교?"

"상관있다. 내는 남편이 멀쩡히 살아 있는데도 청상과부처럼 살 생각도 없고, 시어마씨 심술을 참으며 살 생각도 없다. 그러기엔 내가 억수로 아깝다."

"은니는……."

"……."

"내는요……. 아니, 은니는……. 아니, 내는 은니가 억수로 부러벘는데……. 은니는 다른 사람 생각은 안 하는교?"

"다른 사람이 내 인생 대신 살아주는 것도 아인데, 꼭 생각해야 하나? 그라고 내가 행복해야지, 내 가족도 행복한 거지. 아이가?"

"아인 건 아인데……."

이후로 순덕은 귀히가 제 남편에게 합의 이혼을 요청하거나 이혼 서류를 작성하거나 이혼 문제로 법원에 가는 걸 보고서도 그저 모른 척했다. 저가 말린다고 말려질 일도 아니었고, 무엇보다 그럴 주제가 아니라는 걸 누구보다 자기 자신이 가장 잘 알아서다. 그런데 귀히가 돌아온 지 한 달도 되지 않아 순덕의 눈에 이상한 것들이 잡히기 시작했다.

'이혼이 그리 좋나? 우째 이전보다 더 식욕이 좋아진 거 같노?'

귀한 쌀밥에 고깃국이 올라와도 먹는 시늉만 겨우 내곤 밥상을 물리기 일쑤였던 사람이 밥 한 공기를 시원하게 해치우는 걸 보니 이상하지 않을 수가 없었다. 식탐 이는 만큼 살이 찌기 마련이라지만, 그렇다고 하기엔 아랫배가 다른 부위에 비해 더 많이 찐 것도 이상했다.

'애를 밴 것도 아이고…….'

애를 뱄으면 저보다도 당사자인 귀히가 먼저 알아차렸을 것이고, 그렇다는 걸 귀히 모친이 알게 되었을 것이다. 그런데 귀히도 귀히 모친도 임신 사실을 입에 올리지 않았다. 그 때문에 섣부르게 말하지 못했는데 그로부터 열흘이 지날 즈음이었다.

'맞네, 임신.'

남의 집 일을 하는 동안 다른 건 몰라도 눈치 하나는 짱짱하게 늘어나 있었다. 게다가 열 살도 되기 전에 엄마가 세 번이나 출산하는 것을 지켜본 경험도 있었다. 동생을 세 명이나 둔 자신이 임신한 여자의 증상을 모를 리가 없었다.

"은니, 낼 날이 밝으면, 의원에 함 가보이소."

순덕은 망설이지 않았다. 귀히의 임신을 확신한 그날 저녁에 바로 말했다.

"와, 내가 아파 보이나?"

"월경은 은제 했는교?"

"그건 와 묻노?"

"저번 달에 했어예? 이번 달은예?"

"……."

"맞네. 안 했네. 속은 괜찮심꺼? 메스꺼웠지요?"

"니 우에 아노?"

"은니, 마음 단단히 묵고 들으요. 지 생각엔……. 은니가 암만캐도 아를 밴 거 같은데……."

꽤 놀랄 것이다. 어쩌면 충격으로 쓰러질지도 모른다. 순덕은 이러한 예상을 하고 저부터 마음을 단단히 먹었다. 그런데 허옇게 질려서는 저를 쳐다보는 눈동자에 서린 기운은 노여움이다.

"니는……. 몬 배운 티를 이렇게 내나. 아무리 몬 배워도, 해야 할 말과 하지 말아야 할 말을 구분도 못 하나."

날 선 목소리에 잔뜩 묻혀 있는 비난, 순덕은 그만 고개를 숙이고 만다.

'이렇다니까, 진짜 나쁘다.'

3

임신이었다.

가뜩이나 복작거리는 인쇄전의 좁은 길에서 용케 사람에게 부딪히지 않게 잘 걷고는 있지만 실상 귀히의 눈에 보이는 건 아무것도 없다. 수많은 사람의 말소리도 으깨져 들릴 뿐이다. 그녀의 감각기관은 오로지 자궁 속 아이에게 향해 있다.

고작 이틀이었는데. 그런데도 임신이라고?

혼례식에 지각한 신랑은 택시가 고장이 나는 바람에 늦었다고 했다. 그러면서 어두워지기 전에 왔으니 지금이라도 혼례식을 치르면 되지 않겠냐고 사람 좋은 얼굴로 너스레를 떨었다는 것이다. 그렇다는 걸 순덕의 입을 통해 들었다.

마음 같아선 그길로 마당으로 나가 초례청을 뒤집어엎고 싶은 심정이었다. 둘째 언니 시어머니의 중매로 처음 만났을 때만 해도 훤칠한 키에 잘생긴 남자가 마음에 들었다. 제가 이제껏 본 남자들과 달리 양복을 잘 차려입은 것도 좋은 인상을 주었다. 게다가 세상 돌아가는 일에도 아는 것이 많아 대화를 나누는 즐거움도 있었다. 이 정도 남자라면……. 처음엔 분명 그렇게 생각했었다. 그 때문에 양가 어른이 만나 혼롓날까지 잡은 것이다. 그런데 막상 혼롓날이 가까워 질수록, '맞나? 이 남자랑 이대로 혼례를 해도 되나?' 같은 의문이 들었다. 귀히가 그렇게 생각하게 된 것에는 이유가 있었다. 한 번은 한 시간이나 지나 약속 장소에 나타났고, 두 번은 전보를 쳐 약속 날짜를 아예 다른 날로 옮겼기 때문이다. 중매 후 겨우 세 번을 만났는데, 그 세 번 모두 약속을 제대로 지키는 법이 없었다. 저와의 약속을 무겁게 여기지 않는 남자, 그런 남자가 과연 성실한 남편이 되어줄 수 있을까? 가뜩이나 이런 의문을 들게 했던 남자는 혼롓날마저 늦었다.

혼례 첫날밤에 그녀는 남자와 같은 방에서 자지 않았다. 남자는 제 불찰로 기다리게 한 어른들에게 사과의 의미로 술을 권했고, 또 어른들이 건네준 술을 주는 대로 마시느라 정신을 놓아버렸다. 새신랑과의 첫날밤은 부산 시댁에 가서야 치를 수 있었는데, 그것도 나흘이나 지나서였다. 그 나흘 동안 신랑은 바로 옆에 있다가도 뽀로로 사라지는 일이 잦았는데, 그가 새신부를 내버려두고 간 곳을 시댁 식구들은 다 알고 있는 눈치였다.

설마, 다른 여자가 있나?

아무리 개잡놈이어도 신혼 초에 딴 여자를 만나거나 하진 않겠지 생각하다가도 마음 한편에서 슬며시 고개를 드는 의심을 거두지 못했다. 그렇게 또 며칠이 지나 남편과 두 번째 잠자리를 가졌던 새벽이었다. 제 잠꼬대에 놀라 잠을 깬 귀히는 제 옆에 신랑이 없다는 것을 알아차렸다. 그녀는 주섬주섬 이불을 목까지 끌어올리고 제 숨소리만 들리는 어둠을 말똥말똥 쳐다보기만 했다. 이상했다. 이런 상황에서 마땅히 자신을 덮칠 만한 감정 같은 게 전혀 느껴지지 않았다.

니 바보가? 니 멍충이가?

신랑이 다른 여자와 있을 낀데. 그 여자와……. 만다고, 그래서 어쩌라고…….

귀히는 제 무딘 감정을 찔러보려 애쓰다 그만두었다. 처음부터 믿음이 가지 않았던 남자, 혼인한 여자에게 최소한의 노력을 할 생각이 없는 그 남자처럼 그녀도 남자의 마음을 돌리기 위한 최소한의 노력을 할 의지가 없었다. 그 새벽, 그녀는 그 어느 때보다 차분하고 명료하게 자신의 마음을 들여다보고 있었다.

그날로부터 사흘이나 지나서 남자는 집으로 왔다. 그동안 남자의 가족은 새신부를 새로 들인 소처럼 알뜰히 부려먹었다. 처음엔 그나마 쉬쉬하며 감추려 했던 남자의 외도도 어느 사이엔가 새신부의 탓이 되어 있었다.

- 니는 니 남편 맴도 하나 몬 잡나.

시어머니는 제 시어머니에게 들었던 말을 자기 며느리에게 똑같이 뱉어내는 것으로 제 상처를 덮으려는 듯했다.

귀히는 다시는 남편과 잠자리를 하고 싶지 않았다. 니가 아이라, 내가. 내가 니를 거절하는 기다. 니처럼 첩을 둘 수는 없어도, 니를 거절할 수는 있다 아이가. 마음을 독하게 먹기도 했다. 하지만 그녀에겐 거절할 기회조차 주어지지 않았다. 이후로 남편은 거의 집에 들어오지 않았고, 들어오더라도 그녀에게 눈길 한번 주지 않았다. 그 때문에 그녀는 임신 가능성을 아예 염두에 두지 않았다.

그 이틀.

혼인 후 딱 두 번 가졌던 잠자리.

길지 않았던 그와의 시간.

그런데 임신이라고?

귀히는 오른손을 배에 슬쩍 올려본다. 아랫배 살이 이전보다 두 툼하게 올라와 있다. 그 외엔 평소와 다른 어떤 변화도 느껴지지 않는다.

여 아가 있다고?

보이지 않으니 믿기지 않는다. 따지고 보면, 흰 수염을 길게 늘어뜨린 의원이 임신이라고 하니 그렇다고 믿는 것일 뿐이다. 의원이 작정하고 거짓말을 하지는 않았겠지만, 의원도 때때로 잘못된 진단을 할 수도 있을 것이다. 사람이 하는 일인 걸.

여러 생각이 머릿속에서 복잡하게 얽히고설킨다. 어머니에겐 어떻게 말해야 하는지, 남편과 시댁 식구들에게도 이 사실을 알려야 하는지, 아이를 낳아 키울 수는 있을지……. 뒤죽박죽 정리되지 않은 생각들의 주름 사이로 불안감, 두려움, 슬픔 등의 감정들이 들어차서는 온몸의 힘을 쭉쭉 빼내고 있다. 그 자리에 멈춰서 버리자 마치 때를 맞춘 것처럼 어디에선가 드르륵드르륵 종이 찍는 소리가 들리기 시작한다.

차라리 활자로 찍힌 이야기였으면…….

차라리 꿈이었으면…….

덜덜 떨리는 아랫입술을 꽉 깨물며 터져 나오려는 울음을 애써 참는데, 문득 친정으로 돌아온 그날 저녁에 오색찬란한 봉황 한 마리가 제 품 안으로 달려들었던 꿈을 기억해 낸다.

태몽이었구나.

너였구나.

생각만큼 나쁘지 않을 수도 있다. 봉황처럼 멋진 아이가 내게 온 것이다.

제 마음을 다잡았지만, 그렁그렁하게 찬 눈물이 후드득 쏟아지고 만다.

1936년, 시월의 춘양

1

칼춤을 추는 듯한 바람이 창호를 날카롭게 긁어내고 있다. 덜컹덜컹, 괴로움에 겨워 몸부림치는 문의 신음에 아이는 설핏 든 잠에서 깨고 만다. 울까, 말까. 아이는 잠시 고민한다. 바로 옆에서 곤히 잠든 귀히를 깨우고 싶지만, 또 그러고 싶지가 않다. 말똥말똥한 눈으로 천장을 보다가 말랑말랑한 작은 손을 펼쳐본다. 깨울까, 말까. 심심하다. 이번엔 오른쪽 엄지를 쪽쪽 빨아본다. 아무 맛도 나지 않는다. 고개를 돌려 귀히를 가만 바라본다.

"엄마."

제가 좋아하는 단어를 웬만하면 다 구사할 수 있는 아이의 발음은 또렷하다.

"엄마."

잘 익은 복숭아의 과즙처럼 달콤한 목소리, 귀히는 눈을 뜬다. 고개를 살짝 돌리자 저를 바라보는 아이의 눈과 마주친다.

"은제 깼노? 착하네. 울지도 않고."

"차케."

"오야, 우리 개돌이 진짜 착하다."

아이는 미간을 찌푸린다. 귀히 모친이 천한 이름을 지어야 오래 산다고 붙여준 아명이 제 마음엔 들지 않아서다. 하지만 착한 아이인 재훈은 '싫어'라는 말을 하지 않는다.

귀히는 시계를 본다.

오전 6시.

평소보다 한 시간 더 일찍 일어났다. 그런데도 시간이 없다. 그녀는 느슨하게 풀어진 긴 머리카락을 단정하게 묶고는 카디건을 걸친다. 아이는 그 모습을 눈으로만 좇는다. 지금 아이가 누워 있는 방은 아이가 태어나 몇 달 살았던 방이 아니다. 이전 방보다 좀 더 좁고, 좀 더 누추하다.

열 달 전, 귀히는 아이를 데리고 춘양으로 왔다. 교원 자격시험에 합격한 귀히의 첫 부임지가 경북 산골의 작은 마을인 춘양에 있어서다. 대구 본가와는 꽤 거리가 있었는데, 그 때문에 오히려 잘되었다는 생각을 했다. 근처 친척 어른들이 돌아가면서 집으로 들이닥쳐선 온갖 모진 말로 귀히의 가슴을 후벼 파냈기 때문이다.

지랄이다.

오촌 숙부가 술독이 올라 벌겋게 달아오른 얼굴로 찾아와서는 '우리 집안이 어떤 집안인데. 감히, 감히. 니 년이!'라고 부들부들 떠는 것을 보았을 땐, 무섭기는커녕 서커스를 구경하는 느낌에 피식 웃음까지 나왔다. 지랄이다, 지랄이야. 내가 내 인생 살겠다는데, 지들이 와 난리고. 도무지 이해할 수도 없었고, 심지어 같잖아 보이기까지 했다. 이런 생각은 표정에도 그대로 드러났기에 되레 상대방의 화를 더 키웠지만, 그렇다고 죄인이라도 된 듯 고개를 조아릴 생각은 없었다.

심지어 언니들 모두 귀히의 편이 되어주지 않았다.

시집살이하지 않는 여자가 시상천지에 어데 있노. 와 니만 유별나게 굴어서 이 사달을 내노.

셋째 언니는 아예 귀히를 보려 들지 않았다. 위의 두 언니나 남동생보다 더 친하게 지냈던 터라 그녀의 외면은 다른 사람이 내는 생채기보다 더 컸고, 더 아팠다.

우째, 다들 이러노. 내 편은 하나도 없노. 내가 괴롭다는데, 내가 못 살겠다는데……. 그게 그렇게도 이해 못 할 일인가.

이혼 후부터 아이를 낳기까지의 시간은 등 굽은 노인의 발걸음처럼 느리기만 했다. 그 시간을 꾸역꾸역 견뎌낸 귀히는 갓난아이와 순덕을 데리고 춘양으로 와버렸다. 처음엔 이렇게 살면 되겠다 싶었다. 그런데 시간이 갈수록 힘에 부치기 시작했다. 교사 월급으론 재훈과 재훈을 보살피기 위해 함께 온 순덕까지 먹여 살리기엔 한참 부족했다. 월세, 생활비, 교통비 등 그 무엇 하나도 만만하지 않았다.

- 아도 여보단 엄마 집에서 사는 게 나을 끼다. 내가 너무 힘들다. 방학마다 찾아가서 보면 안 되겠나. 니도 여서 아 보는 것보다 엄마 집에서 아 보는 게 덜 힘들 끼고.

순덕에게 한 말이었지만, 재훈도 듣고 있었다. 귀히는 결코 알지 못

했지만, 재훈은 제 엄마의 말과 그 말을 할 때의 분위기에 뭔지 알 수 없는 불안감을 느끼고 있었다. 그래서 웬만한 일로는 울지 않았고, 웬만하면 떼를 쓰지 않았다. 누가 봐도 키우기 쉬운 아이, 어른들을 난감하게 만들지 않는 아이로 있는 동안엔 굳이 저를 다른 곳으로 보낼 필요가 없을 거라고, 재훈은 그렇게 믿고 있었다.

"은니, 일어났어예?"

문밖에서 순덕이가 묻는다.

"오야."

귀히는 이제 곧 문을 열고 밖으로 나갈 것이다. 하지만 곧 다시 들어와 희고 고운 얼굴에 옅은 분칠을 하고 모양이 예쁜 입술에 연지를 바를 것이다. 그렇게 단장을 한 후에야 집을 나선 엄마는 늦은 오후에야 다시 돌아올 것이다.

오늘도 그럴 것이다.

문틈으로 들어서는 바람은 아직 차다. 재훈은 이불 속으로 꼬물꼬물 들어간다. 바닥에서부터 올라온 따뜻한 공기에 시린 얼굴과 손을 녹인다. 엄마가 다시 방 안으로 들어오기 전까지만 그렇게 있을 생각이다. 하지만 적당한 어둠과 온기가 불러들인 잠이 아이의 눈꺼풀을 무겁게 짓누른다. 고양이 손으로 눈을 비벼보지만 소용없다. 그대로 잠이 들어버린 아이의 고른 숨소리도 곧 바람 소리에 묻혀버릴 뿐이다.

2

사람들의 웅성거림에 아이는 깜빡 눈을 떴다. 뒤이어 제 볼을 쓰다듬는 부드러운 손길 쪽으로 고개를 돌린다. 귀히는 순덕의 등에서 곤히 자던 아이가 눈을 뜨자 아이의 눈꺼풀을 감긴다. 하지만 귀히가 손을 떼자 아이는 다시 눈을 뜬다.

"더 자라."

아이는 잠이 오지 않는다. 조금 전만 해도 방에 있었다. 그런데 지금 아이는 기차역에 있다. 귀히 뒤편으로는 거대한 구렁이 같은 기차가 제 몸체를 길게 늘인 채 널브러져 있다. 덜컥 겁이 난다. 저를 가려주었던 벽과 온기를 내뿜는 바닥이 없다. 이제껏 이처럼 많은 사람이 오가는 것을 본 적도 없고, 이처럼 여러 소리가 뒤엉켜 귀를 시끄럽게 하는 걸 경험한 적 없다. 무엇보다 저를 보는 엄마의 눈에 그렁그렁 차 있는 눈물이 무섭다. 평상시와 다르게 애틋하면서도 슬퍼 보이는 얼굴이다.

"도착하면, 전보 치고."

"……."

"퍼뜩 대답 안 하나."

"은니 혼자 괜찮겠는교?"

"몇 번이나 말하노. 오히려 그게 낫……."

귀히는 아차 싶어 말을 멈춘다.

겨우 세 살밖에 되지 않은 아이가 말귀를 알아듣기라도 한 듯 불안한 눈으로 저를 보고 있어서다.

"방학엔 진짜 올 거지예?"

"니도 참, 별소리를 다 한다. 아가 있는데, 안 가겠나? 그지? 개돌아. 우리 개돌이, 엄마가 갈 때까지 할머니랑 순덕이 말 잘 듣고."

아이의 눈에서 굵은 눈물이 뚝뚝 떨어진다.

이럴 줄 알았어.

1935년 2월생, 세상에 태어난 지 스무 개월. 아직 제 마음을 표현할 언어를 다 습득하지도 못했고, 아는 것보다 모르는 게 훨씬 많아 어른들 눈엔 그저 솜털 보송한 무지렁이처럼 보였을 아이는 온 힘을 다해 울음을 터뜨린다.

"아고야, 야가 와 이라노. 착하제. 우리 후니 착하제. 울지 마라."

안 착해. 할머니 말 안 들을 거야. 순덕이 말 안 들을 거야. 그러니까 보내지 마. 아이는 제 몸을 꽉 쪼이는 포대기에서 두 팔을 빼내어 귀히를 향해 펼친다.

안아줘, 엄마, 안아줘.

주체할 수 없이 터져 나오는 울음 때문에 말이 나오지 않는다.

제발, 엄마.

귀히는 아이의 팔을 다시 포대기 안으로 집어넣는다.

"학교 늦겠심더. 어서 가시소. 그케야 아도 울음을 그칠 것 같아예."

"그래, 부탁한다. 조심히 가고. 후나, 우리 아들. 그만, 응. 그만 울고. 니가 자꾸 울면, 순더기 이모 힘들다. 곧 엄마가 가꾸마. 그때까지 착하게 잘 지내고."

"아냐, 아냐!"

귀히가 점점 멀어지고 있다. 한 번을 돌아보지 않는다. 그러다 반대쪽에서 오는 사람들 틈 사이로 사라져버린다. 재훈은 조금 전보다 더 소리 높여 운다. 하지만 그 소리는 곧 사람들에게 빨리 올라타라는 듯 신호를 보내는 기적에 묻히고 만다.

아냐, 엄마, 아냐!

1939년, 홀로 남겨진 아이

1

귀히는 약속대로 방학마다 재훈이 있는 대구 본가를 찾았다. 일 년에 두 번, 합쳐서 석 달. 재훈이 엄마와 보낼 수 있는 유일한 시간이었다. 처음엔 마냥 좋았다. 하지만 방학이 끝나는 날, 엄마는 기차역으로 갔고, 재훈은 엄마가 탄 기차가 저 멀리 사라지는 것을 봐야만 했다. 두 번, 세 번 반복되자 이젠 기적을 듣는 것만도 끔찍했다. 그런데도 엄마가 떠나는 날이면, 어김없이 배웅을 나갔다. 벌써 다섯 번째다. 길게 이어진 선로도, 선로를 따라 서서히 움직이는 기차도, 귀를 멍하게 만드는 기적도 결코 익숙해질 수 없게 만드는 이별. 이번에도 재훈은 울 것 같은 얼굴을 하고선 기차 꽁무니가 완전히 사라지는 것을 그렁그렁한 눈으로 담아낼 뿐이다.

"시상에서 제일 빠른 게 믄지 아나?"

"기차."

재훈은 울먹이면서도 '옛다, 곶감 하나 먹어라.' 같은 심정으로 대답해 준다. 순덕은 기억 못 하고 있지만, 작년 여름에도 똑같은 질문을 했었다.

"맞다. 기차다. 억수로 빠르제? 눈 깜짝할 사이에 사라진다 아이가. 그니까, 빨리 사라진 건 네 엄마가 아이고, 기차다. 기차 탓이다. 알제? 니 엄마는 억수로 천천히 가고 싶어했는데, 기차가 니 엄마 맴도 몰라주고 기냥 달려버리는 기다."

"이모."

"어."

"내 바보 아이다."

"어?"

"기차는 아무 죄 없다. 기차는 사람이 아이다. 그, 그래도 시상에서 젤루 싫지만……."

"아……. 아휴, 진짜. 우리 개돌이."

"개돌이 아이다."

"하모, 하모. 내는 니가치 똑똑한 얼라는 첨 본다."

"아이다."

"머가?"

"내가 진짜 똑똑하면, 우리 엄마가 날 버리고 갔겠나?"

"버, 버린 게 아이고, 엄마가 일해야 하니까……. "

"내가 있으면 일 몬 하나?"

"아, 음, 그니까……."

"이모."

"으, 웅. 말해라."

"내도 기차 탈 끼다."

"어?"

"이모도 같이 가자. 엄마한테."

아이는 제 호주머니를 뒤지더니 일 원짜리 두 개를 내민다.

"기차표 사라."

"돈은 어데서 났노?"

"삼촌이 줬다."

"이걸로 기차표 몬 산다. 나중에 다시 오자."

순덕은 아이를 번쩍 안아 든다. 저가 안아주지 않아도 곧잘 잘 걷는 나이다. 그런데도 그러고 싶다.

일케 예쁜 알라를 두고, 은니는 우째 그럴까. 맨날천날 보고 싶지도 않나?

제 배로 낳은 아이가 아닌데도 하루만 못 봐도 눈앞에서 어른거렸다. 그래서인지 아무리 생각해도 귀히가 이해되지 않는다. 제게 안기자마자 저를 꼭 끌어안는 아이의 등을 토닥인다.

니를 어짜몬 좋겠노.

아이는 또래보다 의젓했다. 웬만해선 떼를 쓰거나 울지도 않았다. 그래서 더 안쓰러웠는데, 대구 가족들의 평가는 달랐다.

아가 아 같지 않노. 그케서 그런가, 정이 안 간다.

지 아바이 닮아서 안 그러나.

이러한 말을 들을 때마다 순덕의 속이 부글부글 끓었다. 이제 다섯 살이다. 당신 손자고, 당신들 조카다. 그런데 우째 글케 말하노.

그나마 아이 앞에서는 말을 아꼈지만, 눈치가 빠른 아이는 어른들의 눈빛과 표정을 통해 저를 귀히 여기는지, 아닌지 정도는 기가 막히게 구분해 냈다. 그런 것이 순덕의 눈에는 다 보였다.

"자장가 불러줄까?"

"은다. 내리도."

"와?"

순덕이 걸을 때마다 선로는 점점 더 길어지고 있다. 하지만 아무리 길어진들 길은 하나다. 선로만 따라 걷기만 해도 엄마가 있는 곳까지 갈 수 있을 것 같다.

"걸어서 갈 끼다. 엄마한테."

"할매는 어쩌고. 할매가 집에서 니 기다리고 있을 낀데?"

"할매는 내 안 좋아한다……."

"아이다. 니 억수로 좋아한다."

"그래도 내리도."

"와?"

"내 알라 아이다."

"맞다. 니 알라 아이다. 저만치만 가자. 내가 안아주고 싶어서 그런다."

역사를 빠져나오자마자 중앙통의 넓은 길이 한눈에 펼쳐진다. 길 양쪽으로 빽빽하게 들어찬 건물, 길가에 즐비하게 늘어선 전봇대, 가로 세로로 하늘을 가로지르는 전깃줄, 전깃줄 위로 펼쳐진 하늘. 순덕의 품에서 벗어난 아이의 눈동자는 아래위로 빠르게 움직인다. 매년 두 번 엄마를 배웅 나온 길에 보는 풍경인데도 매번 새롭다. 그런데 이번엔 이제까지 본 적이 없는 장면이 포착된다. 저 앞에서 키 큰 청년이 이쪽을 향해 빠르게 달려오고 있다. 삼촌이다.

"어?"

순덕도 귀택을 발견하고는 놀란다.

"드가자."

가까이 다가선 귀택은 다짜고짜 재훈을 번쩍 안아 들고는 역사 안 쪽으로 들어선다.

"어? 와, 집에 안 가고?"

순덕은 어리둥절한 표정으로 뒤따른다.

"지금 아 데꼬 수원에 가란다, 엄마가. 거 도착하면 막내 이모가 기다리고 있을 끼다."

귀택은 빠르게 말하면서 매표소가 있는 쪽으로 걷는다. 이른 아침 의 쌀쌀한 기운에도 귀밑 아래 송골 맺힌 땀, 상기되어 딱딱하게 굳 은 표정이 심상찮다.

"믄데, 믄 일 인나?"

"지금 집에 야 아바이 와 있다."

"아고야……. 한동안 잠잠하더니, 와?"

"누나 소식 들었나 보지. 오기로 데꼬 갈라는 거다. 지가 키울 주 제도 못 되는 게."

"밀양 기생과 살고 있다매? 안 보내면 안 되나?"

"야 양육권이 그 작자에게……. 아무튼. 수원 이모에게 아 좀 맡기 고 온나."

순덕과 귀택이 대화를 나누는 동안 재훈은 쫑긋 귀를 세운다. 대구 본가에서 살기 시작한 이후로 제게 아버지가 있다는 사실을 알게 되었지만, 한 번도 아버지를 본 적이 없다. 외할머니나 이모들의 대화 속에 등장하는 아버지는 한마디로 천하의 나쁜 놈이었다. 다른 여자와 살림을 차린 주제에 귀히가 이혼을 요청하자 집까지 찾아와 몇 번이나 난동을 부렸고, 재훈이 춘양에 있는 동안엔 아이를 찾겠다고 외할머니 집뿐 아니라 이모들 집까지 들쑤시고 다니며 사납게 고함을 질러댔다는 것이다. 할머니나 이모들 말을 요약하자면, 아버지는 잊을 만하면 들이닥쳐서는 행패를 부리는, 사람 같지 않은 놈이었다. 그런데 그 아버지가 나타났다. 이제껏 단 한 번도 본 적이 없는 아버지, 어머니 가족에게 행패를 부리고, 사납게 고함을 질러대고, 재훈을 빼앗으려 든다는 남자가 찾아온 것이다.

"이모. 순드기 이모."

귀택이 표를 구매하는 동안 다시 순덕에게 맡겨진 재훈은 불안감을 감추지 못한 눈으로 그녀를 올려다본다.

"엄마한테 가자."

순덕은 난감하다. 수원 할머니에게 가느니 제 엄마에게 가는 게 훨씬 나을 것이다. 하지만 그럴 수 없다. 아직 아무도 아이에겐 알려주지 않았던 이야기 하나, 그 이야기를 차마 제 입으로 먼저 말하지 못하곤, 그저 아이를 꼭 끌어안는다.

2

수원 이모 집은 팔달문 성 바깥의 초가 동네의 끝자락에 있다. 대부분의 초가는 마당이 없었고, 방문을 열면 툇마루 앞으로 바로 길이 나왔다. 부엌이 딸린 방은 꽤 넓은 편이다.

"니는 낼 내려갈 끼제?"

밤이 늦어 대구로 가는 기차는 없다. 어쩔 수 없이 방 안으로 들어서긴 했지만, 순덕은 저도 모르게 살짝 얼굴을 찌푸리고 만다. 매캐하면서도 찐득하니 달라붙는 것 같은 술 냄새가 방 안 가득 차 있다.

이런 곳에서 알라를…….

순덕은 곤히 잠든 재훈을 바닥에 눕히면서 남모르게 한숨을 내쉰다.

"와 대답이 없노?"

"예. 오늘 밤만 신세 지겠십니더."

그제야 여자는 문갑 위의 이불을 툭 던져 주고선 아이를 가만 내려다보는데, 생기가 빠져나간 눈에선 어떤 감정도 읽히지 않는다.

이런 사람이 아를…….

또 한숨이 나오려 한다. 할 수만 있다면, 이대로 재훈을 데리고 다시 돌아가고 싶다. 하지만 그녀에겐 재훈에 대한 어떤 결정권도 없다.

"아가 잘생겼지예?"

이 아이를 잘 부탁해요. 예쁘잖아요. 진짜 예쁘잖아요. 이렇게 말하고 싶은 걸 에둘러 말한다.

"지 애비 닮았는갑네."

툭 던지듯 말하는 음성, 순덕의 귀에는 비꼬는 소리로 들린다.

"야도 난중에 오입질이나 해대겠지."

"아이고야, 무슨 그런 숭한 말을……."

"내 집에서 내가 말도 몬 하나!"

순덕은 그만 입을 다물고 만다. 귀히 집에서 일하는 동안 성자를 본 건 딱 두 번이었다. 한 번은 귀히 혼롓날이었고, 다른 한 번은 바로 한 달 전이었다. 한 달 전, 성자는 귀히 모친에게 돈을 빌리러 왔었다. 딴살림을 차린 남편이 생활비를 주지 않아 생활이 어렵다는 하소연을 한바탕 늘어놓는 목소리가 어찌나 컸던지, 마당에 있던 순덕의 귀에도 다 들렸었다. 그때도 여자는 재훈을 빤히 쳐다보 '야가 갸가?' 라고 묻기만 했었다. 어른들이 아이에게 흔히 하는 칭찬은 아예 입에 담지도 않았다.

이럴 바에야 차라리 아 아버지한테 보내는 게 나을 낀데…….

아이 옆에 새우처럼 누워서는 애꿎은 손톱을 잘근잘근 깨문다. 이게 아인데, 이게 아인데. 바닥에서 올라온 찬 기운에 덜덜 떨리는 게 제 몸인지 제 마음인지 알 수가 없다.

우짜노, 니를 우짜면 좋노.

3

재훈은 순덕이 밤새도록 저를 걱정하느라 제대로 잠을 자지 못했다는 것을 알지 못한다. 새벽 첫 기차 시간에 맞춰 어두운 방에서 일어나 흐트러진 머리카락과 옷의 매무새를 정리하고, 꽤 오랜 시간 제 얼굴을 물끄러미 쳐다보다 긴 한숨을 내쉬었다는 것도 알 리 없다. 그저 눈을 떴더니 낯선 방에 홀로 누워 있었을 뿐이다.

창호 문을 뚫고 잔뜩 들어선 햇살로 환해진 방 안을 둘러본다. 제가 누워 있던 자리만 빼고 바닥엔 아무것도 놓여 있지 않다. 오른쪽 벽엔 옷가지가 주렁주렁 걸려 있고, 뒤쪽 벽 문갑 위론 이불이 여러 채 쌓여 있고, 문갑과 벽 사이의 좁은 공간엔 보따리 서너 개가 아무렇게나 놓여 있다. 낯선 방, 처음 보는 물건들, 이제껏 맡아본 적이 없는 퀴퀴한 냄새, 모든 것이 낯설고, 모든 것이 두렵다.

아이는 네발로 기다시피 방문 쪽으로 향한다. 짧은 팔을 내밀어 문을 민다. 열리지 않는다. 이번엔 당겨본다. 여전히 열리지 않는다. 성자가 제 딴엔 아이를 보호한답시고 밖에서 문을 걸어 잠그고 외출을 해서다.

왜 나가려 하니?

문이 말을 건다. 문밖은 바로 길이다. 길을 오가는 사람들이 내는 발소리, 말소리 등이 문풍지 안으로 거침없이 들어선 탓에 세상에 홀로 남겨졌을 때 느낄 법한 지독한 고요는 없다. 불을 켜지 않아도 어둡지 않고, 천장과 벽으로 막힌 공간은 춥지 않다. 그런데 왜 굳이 나가려 하니?

몰라, 난 여기가 어딘지 몰라.

인생 4년 차, 다섯 살 아이는 주룩 흘러나온 콧물을 후룩 들이마시곤 머리를 긁적인다. 생각해 보자.

엄마의 배웅을 나간 기차역으로 삼촌이 헐레벌떡 뛰어왔었다. 그는 다짜고짜 수원 이모에게 가라며 수원행 기차표를 끊어 주었다. 덜컹덜컹. 끝없이 달리는 기차 안에서 설핏 잠이 들었다가 깨기를 반복했다. 앞자리의 중년 여자가 '아가 우째 이리 예쁘게 생겼노.'라며 건

네준 삶은 달걀과 누룽지를 먹었고, 이후로도 몇 번 자다 깨기를 반복했었다.

수원 도착했다. 개돌아, 일라바라.

잠결에 순덕의 목소리를 들었지만 무겁게 내려앉은 눈꺼풀을 뜨지 못했다. 그렇게 몇 분인가 지나 오른쪽 눈을 살짝 떴을 때, 희미하게 보인 건 순덕의 등이었다. 익숙한 등의 온기에 안심하고 다시 잠든 이후로는 아무것도 기억나지 않는다.

외할머니는 나를 버렸을까?

순덕이도 나를 버렸을까?

아이는 제 가슴팍까지 끌어당겨 세운 무릎 위에 턱을 괴고선 맞은편 벽을 물끄러미 쳐다본다. 세상은 온통 알 수 없는 것투성이다. 춘양에서 외가로 보내졌을 때도 그랬고, 대구역에서 급하게 지금 있는 곳까지 오게 된 것도 그렇다. 그 어떤 일에도 제 의사는 들어 있지 않다. 무슨 이유인진 모르겠지만, 어른들은 저를 어디론가 보내는 것에 취미를 붙인 것 같다는 생각을 할 즈음이다. 갑자기 문이 열린다. 놀라 돌아본 아이의 눈엔 저보다 더 놀란 것 같은 사십 대 여자가 서 있다. 흰 두건을 쓴 여자의 이마는 반쯤 가려져 있는데, 그 때문인지 눈꼬리가 살짝 올라간 눈엔 짙은 그림자가 드리워져 있다.

"와 문 앞에 있노? 배고파서 그러나?"

성자는 들고 있던 봉지를 툭 던진다. 아이는 바닥에 아무렇게나 널브러진 봉지 사이로 잿빛이 감도는 떡이 삐져나온 것을 본다. 한 번도 본 적이 없는 음식이지만 동그란 모양의 떡 하나를 쏙 빼 든다. 사실 배가 고프진 않다. 하지만 방 안으로 들어서지는 않고 문을 온

몸으로 막고 있는 여자가 '빨리 먹어.'라는 눈빛으로 보고 있기에 억지로 한 입 깨문다.

"내 눈지 아나?"

"……. 으으응."

"으른한테는 '모름니더'라고 공손하게 해야지. 니 이모할매다."

"이, 이……. 켁."

"와, 떡이 목에 걸렸나? 물 줄까?"

생각보다 다정한 목소리다. 그렇다고 재훈은 이 낯선 곳에 그대로 앉아 있을 생각은 없다. 어른들이 제 마음대로 저를 여기에 두었다, 저기에 두었다 할 수 있다면, 저도 자신을 다른 곳에 둘 수 있다. 문이 열리기 전에 이미 그러기로 마음을 먹었었다.

성자는 두건을 벗어 툇마루 모서리에 탁탁 몇 번 털고는 바로 옆 부엌으로 들어선다. 이때다. 재훈은 개떡을 던져버리곤 문턱을 넘는다. 툇마루 아래 섬돌로 뛰어내리곤 뒤도 돌아보지 않고 집 앞의 길로 나선다

"아재, 아재."

재훈은 저를 지나치는 남자를 붙잡는다.

"기차역이 어덴교?"

"기차역? 기차역은 왜?"

"기차 타려고요."

"네 엄마는?"

"없어요."

부엌에서 물을 가지고 나오던 성자는 재훈의 목소리가 길에서 들

리자 얼른 그쪽으로 간다.

"아이고, 야가 와 여 있노."

"아주머니 아입니까? 아이가 기차를 많이 좋아하나 보네."

남자는 허허 웃으며 재훈의 머리를 쓰다듬고는 가던 길로 가버린다.

"니……."

성자는 단단히 혼내기로 마음먹었지만, 흙이 잔뜩 묻은 맨발로 저를 올려다보는 어린것의 불안한 표정을 보니 괜히 가슴 한쪽이 짜르르해진다.

"그렇게 기차가 좋나?"

4

니 기차가 그렇게 좋나?

1939년, 가을로 넘어서느라 꽤 쌀쌀했던 어느 날 아침, 재훈은 이모할머니가 무심히 던진 질문에 아무 대답도 하지 않았다. 하지만 그날 그 길에서의 그 짧은 질문을 훗날 어른이 된 이후에도 종종 떠올리곤 했다.

아닌데, 싫은데.

기차역에 갈 일이 생기면 전날 밤부터 걱정이었다. 기적을 들을 때마다 심장이 뛰고, 마음이 찢겨나가는 증상이 생겨서다. 이 때문에 그는 기차가 들어서기 전 기적을 듣지 않기 위해 손가락으로 귓구멍을 막기까지 했었다. 이러한 증상은 군의관으로 근무할 때도 고쳐지지 않았다. 장교복을 입고 장교 모자를 쓴 상태에서도 기적을 들으면, 어김없이 그 옛날 엄마를 떠나보내야 했던 다섯 살 아이가 되어 있었다. 그 때문에 고치기 어려웠던 이 증상은 1960년대 중반에야 사라졌다. 모든 기차가 디젤 기관차로 바뀌면서 더는 기적을 듣지 않아도 되었기 때문이다.

하지만 이 모든 일은 아주 먼 훗날, 어른이 된 아이에게 일어날 일이다. 지금 아이는 그냥 기차를 좋아하는 아이가 되어 있을 뿐이다. 기차역으로 가고 싶어 맨발로 집을 나와 무턱대고 길 가는 어른을 잡고는 기차역이 어딘지 묻는 철없는 아이, 여자는 당분간 저와 살 아이가 이런 아이라 곤란하다는 생각도 하고 있다.

성자는 아이를 방 안에 들인 후, 툇마루에 무거운 엉덩이를 걸친다. 한 달, 혹은 두 달? 언제까지 아이를 데리고 있어야 하나? 봄 내음을 가득 풍기던 열여섯에 결혼한 이후로 이십여 년이 지났지만, 이제껏 제 손으로 아이를 키워본 적이 없다. 어른에게선 결코 볼 수 없는 깨끗하고 새카만 눈동자, 이제 막 나온 가래떡처럼 말랑말랑한 볼살, 빛이 고운 앵두 같은 입술을 가진 아이. 한때, 이처럼 조그만 생명체를 어쩌나 갖고 싶었던지 다산을 한 여자들을 찾아다니며 그 비법을 물은 적도 있었고, 당집에서 삼신할미에게 아이를 하나 점지해 달라 수차례 빌기도 했었다. 아이가 있었다면, 남편은 다른 여자와 살림을 차리지 않았을까? 경성에서 사는 남편을 못 본 지도 십 년이 넘어 이젠 남편이 어떻게 생겼는지도 기억나지 않을 정도다.

"아지매, 아지매."

문 안에서 아이가 부른다.

"아지매 아이고, 이모할매."

"⋯⋯."

"니 다섯 살 아이가? 그칸데도 말귀를 몬 알아듣나?"

"이모할매."

"와?"

"순드기 이모, 은제 오노?"

"니캉 같이 온 가시나 말하나?"

"가시나 아이고, 순드기 이모."

"몰겠다. 은젠간 오겠지."

"내를 여다 버린 기가?"

"⋯⋯."

"어?"

"아가 못하는 말이 없노. 니를 와 버리노?"

"그라면 내가 와 여 있노?"

"그건⋯⋯."

덜컹 연 문 앞에는 아이가 양반다리를 한 채 앉아 있다. 문이 닫혀 있을 땐 조잘조잘 잘도 말하던 아이가 놀라서는 입을 꾹 다문 채 여자를 쳐다본다. 이 나이 때의 아이는 곧잘 울지 않나? 낯선 곳에 저 홀로 떨어져 있다는 걸 알았을 땐, 울음부터 터뜨리지 않나?

아가 깨면 가라.

첫차를 타야 한다며 이른 새벽부터 일어나 움직이는 순덕에게 이렇게 권했던 것도 아이가 울고불고 난리를 쳤을 때 저 혼자 감당하기 힘들겠다 싶어서였다. 그런데 아이는 한 방울의 눈물도 흘리지 않았다. 저를 버린 거 아니냐는 무서운 말을 내뱉을 때의 목소리도 덤

덤하기만 했다.

"니……."

"……."

"내가 누꼬?"

"이모할매."

"그래, 니 이모할매다. 그냥 할매 아이고, 니 친척 할매. 친척이 믄 지 아나?"

"……."

"피붙이다, 피붙이. 니캉 내캉 피로 이어져 있다. 그니까……. 니는 버려진 게 아이고, 맡겨진 거다. 알겠나?"

재훈은 고개를 끄덕인다. 조금 전 억지로 떡을 먹었을 때처럼 그래야만 할 것 같아서다. 하지만 아이는 여전히 알 수 없다. 버려진 것과 맡겨진 것의 차이가 무엇인지.

1940년, 네 엄마는 가짜다

1

재훈은 서대문의 낯선 골목길 안 파란 대문 집 앞에 쪼그리고 앉은 채 졸고 있다. 수원으로 오기 전만 해도 토실하니 뽀얬던 얼굴은 묵은 때로 얼룩덜룩한 빛을 띠게 되었고, 돌돌 말아 올린 소매에 나뭇잎처럼 걸려 있는 손은 꾀죄죄하다. 누가 봐도 어른의 알뜰한 보살핌을 받은 아이 같지는 않다. 실제로 성자는 아이를 보살피는 것엔 별 관심을 두지 않았다. 매 끼니를 제때에 먹이는 법도 없었고, 아예 두 끼니를 건너뛰기도 했다. 아이의 입에 음식이 들어가는 것이 아까워서는 아니었다. 고질적인 화병을 누르느라 매일같이 집 밖으로 싸돌아다니다 해가 질 즈음에야 돌아오곤 했기에 아이의 밥을 챙겨주지 못했을 뿐이다. 그 때문에 아이는 곧잘 어둡고 차가운 방 안에서 혼자 추위에 떨며 여자를 목 빠지게 기다려야 했다. 그렇다고 수원에서 보낸 시간이 나쁜 것만은 아니었다.

함께 사는 어른의 무심함은 어른이 아이에게 요구하는 수많은 규칙이나 제약을 지키지 않아도 되는 암묵적인 약속이었다. 밥 시간에 맞춰 일어나 세수를 하지도 않았고, 동네 아이들과 놀다 옷이나 손을 더럽히는 것도 개의치 않았다. 재훈의 자유가 가장 극명히 드러난 때는 저녁이었다. 저녁 식사 시간이 될 즈음엔 이 집 저 집에서 엄마들이 아이의 이름을 불렀고, 제 이름이 호명된 아이는 신나게 놀다가도 집으로 돌아가야만 했다. 제 고집대로 끝까지 놀던 아이도 결국엔 제 엄마의 손에 이끌려 질질 끌려가야만 했다. 억지로 끌려가는 아이가 저를 부러운 눈길로 쳐다보면, 재훈은 두 손을 귀에 대고 펄럭이며 혀를 날름날름 내밀면서 약을 올렸다.

- 오늘도 내가 이겼다 아이가.

어스름해진 길 위에 저 혼자 남게 된 재훈은 이렇게 중얼거렸다. 마지막까지 아이들과의 놀이를 지켰다고, 다른 아이는 절대 할 수 없는 일을 저는 할 수 있다고. 그렇게 내일도, 모레도 반복될 것이라 여겼다. 그런데 바로 어제저녁, 길에서 놀던 일곱 아이 모두 놀라게 한 일이 발생했다.

- 재훈아!

이제껏 불린 적이 없는 이름이, 그것도 제일 먼저 들렸다. 저보다 큰 아이들의 씨름을 구경하던 재훈은 집 쪽으로 고개를 돌렸다. 그러자 성자가 저를 향해 손짓하는 게 보였다.

- 밥 묵자.

순간 허연 콧물이 쑥 나왔다. 몇몇 아이의 '오~' 하는 소리에 어쩐지 뺨이 붉어지기까지 했다. 아니야, 내는 니들처럼 어른이 부른다고 쪼르르 가지 않아. 하지만 재훈의 발은 이미 성자 쪽으로 가고 있었다.

- 낼 아침 일찍 경성 갈 끼다. 퍼뜩 자라.

- 경성이 머꼬?

- 억수로 큰 도시다. 니 이모할배도 거 있다.

- ……. 할매도 내 버리나?

- ……. 그카면 좋겠나?

이제껏 경험으로 어른이 저를 다른 곳으로 데려가는 이유는 딱 하나였다. 그곳에 저를 버리는 것이다. 그러니 이번에도 그럴 것이라는 생각부터 들어서 한 말이지만, 되묻는 성자의 소맷자락을 꼭 잡고선 고개를 흔들었다.

- 아이다. 싫다. 그, 그래도 꼭 버릴 꺼면, 엄마한테 버려도.

- 아고야, 니 땀시 못 살것다. 이 조그만 머릿속에 머가 들어 있노? 쓸데없는 소리 말고, 마 뒤비 자라.

꽤 긴 밤이었다. 잠이 오지 않아 결국엔 거의 뜬눈으로 아침을 맞이해서는 성자가 이불, 옷가지, 자잘한 세간을 여러 개의 보자기에 나누어 싸는 것을 멍하니 지켜보았다. 그렇게 싼 짐은 두어 시간 후에 집 앞까지 온 택시 뒷자리에 싣고, 성자와 재훈은 좁은 보조석에 끼여 앉았다.

- 인자 경성 가자. 니도 좋제?

재훈은 대답하지 않았다. 익숙해진 길을 벗어날 때까지 눈을 부릅뜬 채 차창 앞 풍경만 바라보았다. 그러다 어느 순간 저를 무겁게 누르는 잠에 그만 정신을 놓고 말았는데 일어나 보니 파란 대문 집 앞이었다.

"와 여서 졸고 있노? 드가자. 방 다 치웠다."

재훈은 성자의 손에 이끌려 대문 안으로 들어섰다. 꽤 넓은 마당이 있는 이층집이었다. 건물 오른쪽 벽에 바짝 붙어 있는 가파른 계단을 올라가자 수원집보다 훨씬 넓은 방이 나왔다.

"좋제? 니 외할매가 니캉 내캉 좋은 데서 살라고 구해줬다. 알겠나? 니 외할매는 니를 버린 게 아이고, 니를 맡긴 기라."

재훈은 고개를 끄덕였다. 여전히 버린 것과 맡긴 것의 차이를 알수는 없었지만, 아무래도 상관이 없었다. 어차피 어른들은 제 마음이 꼴리는 대로 저를 여기에 두었다가 저기에 두었다가 할 것이고, 제가 어른이 되기 전에는 별수 없이 따를 수밖에 없다는 것을 오늘또 한번 확인했을 뿐이다.

2

집이 바뀐다고 사람이 바뀌지는 않는다.

재훈은 영리하게도 이 사실을 알아차렸다. 여자에게 깃든 생기는 비 온 후 벚꽃처럼 사흘도 되지 않아 시들고 말았다. 아이가 있든 말든 신경 쓰지 않거나 제가 배고프지 않으면 아이의 밥을 챙겨줄 생각을 하지 않는 것도 이전과 다를 바가 없었다. 오히려 더 나빠진 부분도 있었다. 이전보다 더 자주 술을 마시기 시작했고, 취해서 혼자 중얼거리는 일도 늘어났다. 그에 따라 재훈은 더 초췌하고, 꾀죄죄해져 동네 아이들이 웬만하면 어울리지 않으려는 모양새를 띠게 되었다. 그렇게 반년이 지날 무렵이다.

해가 중천에 떴는데도 이부자리에서 나올 생각을 않던 성자가 갑자기 일어나서는 옆에서 식은 만두를 먹는 재훈의 팔을 붙잡는다. 재훈이 돌아보자 부스스한 머리카락 사이로 번들거리는 눈이 저를 노려보고 있다.

"니, 내캉 간 집 기억하제?"

얼마 전 딱 한 번 성자를 따라 광화문 이모부 할아버지 집에 간 적이 있다. 경성까지 왔어도 서대문의 작은 동네를 벗어난 건 그때가 처음이었기에 성자가 말하는 집이 그 집임을 바로 알아차린다.

"거 가서 돈 좀 얻어 온나."

"내가?"

"어, 니가."

"내가?"

"퍼뜩 가라. 돈 안 주면 니 이모할매가 죽는다 케라."

가파른 계단을 내려가면서도 몇 번이나 방이 있는 쪽을 올려다본다. 성자가 뛰쳐나와 광화문 이모할아버지 집에 가라고 한 건 그냥 해본 말이었다고 할 것 같다. 겨우 여섯 살밖에 되지 않은 아이에게 시키기엔 과도한 심부름, 저도 알고 있는 사실을 성자가 모를 리 없다. 하지만 성자는 문밖으로 얼굴을 내밀지도 않았고, '이 심부름은 취소, 취소.'라고 말하지도 않았다.

재훈은 터덜터덜 골목 밖으로 나섰다. 전차 정류장까지는 십여 분도 걸리지 않는 거리라 별 어려움이 없다. 문제는 차비도 없이 홀로 전차를 타야 한다는 것이다. 정류장에는 열 명이 넘는 사람들이 전

철이 오는 쪽으로 고개를 내밀곤 전차를 기다리고 있다. 재훈도 그들 틈에 들어가 섰다.

갈 때는 까만 바탕에 빨간 글자.

올 때는 흰 바탕에 빨간 글자.

글자는 몰랐지만, 성자와 광화문을 오갈 때 전차 앞부분의 표지판을 주의 깊게 보고선 알아낸 것이다.

까만 바탕, 빨간 글자.

속으로 몇 번이나 중얼거리는데 저 앞 모퉁이를 돌아 나오는 전차의 앞머리가 보인다. 이쪽 편으로 가까이 올수록 선명하게 보이는 까만 바탕에 빨간 글자를 보고선 재훈은 살이 통통하니 오른 한 중년 여자 곁에 바짝 붙어 선다.

전차가 도착했다. 재훈은 통통한 여자의 치맛자락을 슬쩍 잡는다. 여자와 함께 전차에 오르자 검은 모자를 쓴 차장이 흘낏 봤지만, 뒤이어 전차에 오르는 사람들에게 차비를 받는 일에 열중한다.

전차가 움직이기 시작한다. 아이는 창가 의자에 앉아 창밖을 쳐다본다. 전차에 올라탈 때만 해도 시끄럽게 뛰던 심장이 안정을 찾기 시작한다. 됐다, 성공했다. 슬쩍 웃음까지 흘러나온다.

3

남자는 은빛 안경테를 콧등에 살짝 내리고 여섯 살 아이를 어이없는 눈으로 쳐다봤다.

"니 이모할매가 미쳤나 보다."

더 심한 말을 하고 싶은 걸 꾹 참는 기색도 보인다.

"알라가 억수로 똑똑하네. 여를 우째 찾아왔노."

남자와 함께 사는 여자는 재훈의 얼굴에 거뭇거뭇 묻어 있는 얼룩을 닦아주기까지 했다.

"이거 들고 가라. 이자뿌리지 말고."

남자는 일 원짜리 지폐 몇 장을 아이의 윗옷 호주머니에 넣어 줄 뿐 데려다주겠다는 말은 하지 않는다. 아이는 그래서 다행이라고 생각한다. 남자의 몸에선 오랜 시간 찌든 것 같은 연초 냄새가 났는데, 그가 말을 할 때마다 역한 기운이 재훈의 콧구멍 안으로 훅 들어오기까지 했다. 여자는 말투와 행동은 친절했지만, 남자를 흘낏 쳐다보는 눈엔 화를 가득 담고 있었다. 아이는 눈치껏 고개를 숙인 채 고맙다고 인사를 하곤, 그들이 묻지도 않은 말을 덧붙인다.

"내는 혼자 잘 다녀요."

남자의 집에서 나온 아이는 올 때와 마찬가지로 누군가의 아이인 양 전차를 탔고, 익숙한 길이 보이자 전차에서 내렸다. 길을 따라 총총 걷다가 집이 있는 골목길로 들어선다. 그러자 파란 대문 집 앞에서 서성이던 남자가 다가선다.

"니, 이름이 머꼬?"

"와요?"

"으른이 묻는데, 와요는 무슨 와요고. 니 심재훈이가?"

"어? 우째 알아요?"

"그럴 줄 알았다. 내랑 똑 닮은 게. 내 심근섭이다. 아나?"

"내가 어떻게 알아요?"

"그럼 인제부터 알아라. 내가 니 아부지다."

오랜 시간이 흐른 후에도, 재훈은 남자와 처음으로 만난 이날을 결코 잊지 못했다. 아이가 보기에도 잘생기고 키가 큰 남자는 고급스러운 잿빛 양복을 입고 있었다. 만약 이 남자가 자신이 아버지임을 밝히지 않았다면, 아이는 이제껏 본 적이 없는 멋쟁이 남자가 제게 말을 걸어준 것에 괜히 으쓱했을 것이다. 하지만 아이는 저를 내려다보고 있는 남자가 대구 할머니가 말했던 '천하의 나쁜 놈'임을 알아차렸고, 그 순간 덜컥 겁이 나 저도 모르게 한발 물러섰다.

도망갈까?

제 성질대로 온갖 행패를 부린다는 남자, 어머니에겐 물론이고 어머니 친척들까지 괴롭힌다는 남자. 이 남자에게 잡히면 지금처럼 제대로 된 밥을 못 얻어먹는 것에서 끝나지 않을 것이다.

근데 어떻게?

아이는 저를 번쩍 드는 남자의 품 안에 갇혀버린다. 지난 2년 가까이 어른의 품에 안겨본 적이 없다. 언젠가 한번 크게 넘어져서는 성자에게 저를 안아달라고 두 팔을 뻗었다가 '니가 알라가? 마, 일라라.'는 차가운 말을 듣기만 했을 뿐이다. 이후론 어른에게 안기는 건 아예 기대조차 하지 않았다. 동네 아이들이 제 아버지나 제 어머니 품속에 쏙 안기는 것을 보기라도 하면, '으이거, 지가 알라가?' 같은 생각을 하며, 어른처럼 차분하고 당당하게 물색없이 흘러내리는 코를 쓱 훔치곤 했다. 그런데 지금 재훈은 한순간에 아기가 되어버린 것 같다. 뭔가 모욕적인데도 편안하니 좋다. 답답하게 갇혀 있는 느낌이면서도 세상을 내려다보는 자유가 생긴 것 같기도 하다. 여러 감정이 동시에 치대는 바람에 무슨 생각을 해야 하는지, 어떻게 행동해야 하는지 알 수가 없다. 남자가 걷기 시작한다. 재훈은 저를 단단하게 받쳐주는 남자의 힘을 느끼며 점점 멀어지는 파란 대문 집을 쳐다본다. 저 대문 안 이층 방에는 성자가 저를 기다리고 있을 것이다. 아이가 딴살림을 차린 제 남편에게서 돈을 받았기를 간절히 바라면서.

돈.

그제야 호주머니 속 몇 장의 지폐를 생각해 낸다.

이모할매한테 줘야 하는데. 줘야 하는데…….

이제 파란 대문 집은 아예 보이지 않는다.

4

남자는 재훈을 안은 채로 더벅머리 지붕 집 마당으로 들어섰다. 그러자 곱게 화장을 하고 긴 머리를 한껏 틀어 올린 여자가 툇마루에서 벌떡 일어선다. 그 탓에 어깨에 걸친 윗도리가 흙바닥에 떨어졌지만, 여자는 전혀 개의치 않고, 빠른 발걸음으로 다가선다.

"인사해라, 니 진짜 엄마다."

땅에 내려선 재훈은 어리둥절한 표정을 숨기지 못한다.

"우리 엄마는 귀히다, 정귀히."

"그 엄마는 니를 키워준 사람이고, 이 엄마가 니를 낳아준 진짜 엄마다."

"아인데……."

"맞다."

지난 2년 가까이 엄마를 만나진 못했어도 엄마의 얼굴을 기억하고 있다. 여자는 휜하니 매끈한 이마도 아니었고, 쌍꺼풀도 없으며, 콧대가 날렵하지도 않다. 대신 살짝 아래로 처진 눈초리엔 웃음이 방울방울 달린 듯하고, 입꼬리가 살짝 위로 올라가 있는 입술은 가만있어도 미소를 짓는 듯하다. 썩 예쁘지는 않지만, 상대방의 마음을 편하게 만드는 듯한 얼굴. 그래도 엄마는 아니다.

"엄마라고 해바라. 엄마."

이번엔 여자가 말한다. 한들거리는 코스모스 같은 목소리. 다정하면서도 따뜻한 음성. 재훈은 빠르게 눈을 깜박거리는 것으로 생각할 시간을 번다. 엄마라고 하면 내를 좋아해 줄라나.

"응?

"……."

"응?"

"엄마."

"엄마야. 우리 아들. 왜 이케 예쁘노?"

와락 저를 껴안는 여자에게서 훅 퍼지는 향이 재훈의 코를 간질인다. 진달래꽃 내음인가, 개나리 내음인가. 봄볕 가득 받은 산자락에서 동네 친구들과 놀며 맡았던 꽃 내음을 떠올려보지만, 마땅히 딱 들어맞는 꽃을 찾을 수가 없다.

"니, 인제 우리랑 여서 살 끼다. 앞으론 아무 데도 안 보낸다. 알겠제?"

여자의 품속에 꼭 안겨 있는 재훈의 머리를 쓰다듬으며 남자가 말한다. 재훈은 고개를 끄덕이면서도 손가락을 하나씩 굽혀 지금까지 살았던 집을 세어본다. 이로써 다섯 번째 집. 아이는 여자의 어깨 너머로 제가 앞으로 살 집을 본다. 왼쪽에 부엌을 둔 초가집. 거뭇거뭇한 툇마루에 나란히 붙어 있는 방문 두 개. 대구 외가의 이층집처럼 크지는 않지만, 수원의 초가처럼 작지도 않다. 여기선 얼마나 있게 될까. 아직은 낯설기만 한 남자와 여자가 제 몸을 안고, 제 머리를 쓰다듬고, 감격에 겨운 웃음을 흘려내는 동안 이번엔 오른 손가락을 하나씩 굽혀본다. 하나, 둘……. 이제껏 어떤 집에서도 2년을 채 넘긴 적이 없다. 검지 다음의 중지를 굽히려는데 여자의 목소리가 들린다.

"순득이라고 했지요? 그때 우리 아들 있는 곳 가르쳐준 아가."

"그럴 끼다."

"갸가 와 극정했는지 알겠네. 아를 우째 키우면 이렇게 꼬질꼬질하게……."

"순드기 이모?"

"기억나나? 그, 머시냐, 눈이 쬐그만해서는 떴는지 감았는지도 모르게 생긴 가시나. 아휴, 니 극정을 어찌나 하던지. 니를 찾으면 잘 좀 부탁한다고, 내 손꺼정 붙잡고……."

"됐다. 만다고 그런 말까지 하노? 아한테."

"아이고, 그러게. 그건 그렇고, 니, 밥이나 지대로 얻어묵었나? 배 안 고프나? 밥 주까? 아이다. 일단 씻자. 깨끄시 씻고 밥 묵자."

여자는 재훈을 부엌으로 데려가 무쇠솥의 뚜껑을 연다. 그러자 기다렸다는 듯 튀어나온 뜨거운 김이 부엌을 통째로 데울 것처럼 퍼져버린다. 여자가 부엌 구석에 있는 큰 대야에 찬물과 뜨거운 물을 섞

으며 분주히 움직이는 동안 재훈은 호주머니 속 지폐를 만지작거린
다. 이모할머니가 세상에서 가장 좋아했던 것, 그리고 매우 원했던
것. 이걸 어쩌나. 아이는 부엌 밖의 남자와 눈이 마주치자 밖으로 나
간다.

"와, 씻기 싫나?"

"아니, 그게 아이고……."

아이는 꼭 쥔 지폐를 꺼내 남자 앞에 내민다.

"아저……. 아, 아부지도 이거 좋나? 이거 니 주께."

5

근섭이 재훈을 찾을 수 있었던 건 순덕이 덕이었다.

'아무리 그래도 친척보다는 아부지가 안 낫나 싶기도 하고…….
재후니도 그러길 원할 거라예.'

어제 오후 제집을 찾아온 순덕은 저를 포함해 가족 전부 통도사 근
처의 한 시골마을에 살게 되었다고 했다. 그러고선 한참을 머뭇거리다
꺼낸 말이 '지가 울 귀히 은니를 배신하는 게 아이고…….'였다.

여기로 오기까지 제 나름대로 얼마나 속을 끓였는지 알아차릴 수
있었다. 그래서 재촉하지 않았다. 그녀가 혹여 마음을 바꾸고 돌아
설까 인내심을 가지고 기다렸다.

- 은니가 재혼했어예.

피가 거꾸로 솟는 듯했다. 염병, 지랄이다. 그러려고 이혼하자고 했
구나. 화냥년이. 옆에서 연아가 슬쩍 앞을 막지 않았다면, 순덕이 귀

히라도 되는 듯 고래고래 고함을 쳤을 것이다.

－ 그래서 아를 다른 데 맡긴 거가?

연아가 부드럽게 물었다.

－ 꼭 그런 건 아이지만…….

순덕은 근섭의 눈치를 봤다.

－ 내 때문이겠지. 내가 아를 데꼬 갈까 봐. 그래서 아는 지금 어딨노?

－ 경성 서대문 쪽에 있어예. 이모할머니 댁이 거 있어서……. 지가 그분을 쬐금 아는데……. 아를 보살필 인사가 못 됩니더. 울 개돌이, 아, 아니, 울 재후니가 억수로 극정되어서……. 지가 진짜 울 귀히 은니를 배신하려는 게 아이고…….

순덕은 계속 미적거리며 망설이다 작은 봉투 하나를 대뜸 건네더니 부리나케 대문 밖으로 나가버렸다. 봉투 안에는 쪽지 두 개가 들어 있었다. 하나는 재훈이 있는 서대문 주소였고, 다른 하나는 순덕이 본인의 주소였다.

근섭은 서대문 주소가 적힌 쪽지를 꽉 쥐곤 부들부들 몸을 떨었다.

심씨 집안의 장손이다. 심씨 집안의 핏줄을 우째 정씨 집안에서 키우겠노. 우째 감히 이혼을 믄저 입에 올린 여자 손에 맡기겠노. 재훈을 데려옴으로써 제게 모욕을 준 여자에게 벌을 내릴 것이다.

근섭은 그길로 경성에 올라갔었다. 여관에서 하룻밤을 지내고 그다음 날 찾아간 아이의 이모 외할머니 집 앞에서 한 십여 분을 서성였다. 그러다 대문을 두드리려는데 골목 안으로 들어서는 아이가 눈에 띄었다.

핏줄이 무섭긴 무섭네.

제 아들일 거라는 생각이 들자 아이의 이름부터 확인했다. 가슴이 먹먹해졌고, 눈시울이 붉어졌다. 약한 모습을 보이고 싶지 않아 아들이 제 얼굴을 보지 못하도록 번쩍 안아 들었다.

가자, 내캉 우리 집으로 가자.

다행히 아이는 반항하지 않았다.

근섭의 눈에 비친 재훈은 어딘가 평범하지 않았다. 저를 처음 봤을 땐 분명 무서워하는 기색이었는데, 경성역에서 부산행 기차를 타고 지금 사는 집까지 오는 내내 딱히 불안하거나 두려운 기색을 보이지 않았던 것부터가 그랬다. 저를 데리고 어디에 가는지 묻지 않았고, 딱딱한 의자에 한참을 앉아 불편할 만도 한데 칭얼거리지도 않았다. 그렇다고 기가 죽어 있거나 우울한 느낌은 또 아니었다.

'좋은 기가, 나쁜 기가. 좋은 기겠제?'

재훈 또래의 아이를 대한 적이 없기에 도무지 알 수 없었다. 그냥 대충 좋은 쪽으로 생각하기로 했는데, 지금 제게 돈을 내미는 재훈에 게선 또 뭔가 설명할 수 없는 위화감이 들었다. 그는 아이의 손가락을 하나씩 접어 돈을 꼭 쥐도록 해준다. 어디서 난 것인지 누구에게 받은 것인지, 혹 훔친 것은 아닌지 궁금하지만 묻지 않는다.

그저 '으른한테 반말하는 거 아이다.'고 타이른다.

"반말하면 더 빨리 친해진다."

"머?"

"인자 같이 살 끼라매?"

"머, 머 이런 게 다 있노⋯⋯. 니 여섯 살 맞나?"

"맞다."

"진짜가?"

"가짜 아이다."

"와, 와……. 머 이런 게……."

썩 나쁜 기분은 아니었다. 오히려 '내년에 보통학교에 입학시켜야 겠네.' 같은 생각을 하며 아이의 머리를 쓰다듬고는 부엌으로 들여보 낸다. 그러곤 저는 밖으로 나간다. 근처 시장에서 돼지고기든 쇠고기 든 뭐라도 사 올 요량이다. 다른 건 몰라도 저가 키우는 동안엔 아이 를 잘 먹여 오동통하니 살이 오르도록 해야겠다는 생각이다. 그런데 집에서 멀어질수록 파란 대문 집 골목 안쪽으로 들어서던 아이의 모습 이 떠오른다. 기름져 뭉쳐진 머리카락, 거뭇하니 얼룩진 얼굴, 올이 나 간 소맷단, 제 몸보다 큰 바지. 울컥 화가 치민다.

이럴 거면서 와 아를 빼돌렸노.

애당초 아이의 양육권은 그에게 있었다. 몇 번이나 아이의 외가를 찾아가 당당하게 아이를 달라고 할 수 있었던 것도 그 때문이었다. 하지만 귀히 모친은 아이를 돌려주기는커녕 한 번을 보여주지 않았 다. 대신 기생과 붙어먹는 놈이 아를 잘도 키우겠다는 등의 독설을 퍼붓거나 아예 대문을 걸어 잠그고 문을 열어주지 않는 게 다반사였 다. 그래서 안심되는 부분도 있었다. 저에게 맡기는 걸 걱정하는 만 큼 잘 보살필 것이라 믿어서다.

'아, 고기.'

시장을 한참이나 지나쳤다는 것을 깨닫고 돌아서는데, 장난감 노 점이 눈에 띈다. 비행기, 자동차, 기차, 배 등 사내아이가 좋아할 만한 모형 장난감이 많다. 뭘 선택할까 망설이던 근섭은 꽤 정교하게 만든 모형 배 하나를 집는다.

'좋아할라나?'

무덤덤하니 별 감정이 없어 보이는 아이의 얼굴에서 웃음이 번지는 것을 떠올려본다.

1941년, 아이야, 일본으로 와

1

"엄마는 아부지가 와 좋은데?"

근섭과 산 지 한 계절이 지날 즈음이다. 살이 올라 말끔한 얼굴을 한 재훈은 뜨끈한 감자를 먹다 말고 이렇게 묻는다. 지난 몇 달 근섭과 함께 지내다 보니 그가 썩 좋은 남편은 아니라는 것을 어린 눈으로 봐도 알 수 있었다. 뭐가 그렇게 바쁜지 아침 일찍 나가서는 밤늦게 들어오는 데다 집에 들어와서도 딱히 살갑게 구는 법이 없다. 오히려 뭔가가 마음에 들지 않으면 제 성질대로 고함을 질러대기도 했는데 그럴 때면 연아의 눈에서 눈물이 한 바가지나 흐르곤 했다.

"잘생겼다 아이가."

연아는 제가 말해놓고 까르르 웃는다. 이게 웃을 일인가 싶어 재훈은 눈만 끔벅거린다.

"잘생긴 게 좋나? 그럼 내는?"

"니도 잘생겼다. 니 아부지 아들 아이가?"

"그럼 내도 나중에 여자한테 인기 많을 것 같나?"

"흠. 잘생겼다고 다 그런 건 아이고……. 니 아부진, 춤도 잘 춘다."

"춤? 이런 거?"

재훈이 벌떡 일어나 개 다리 춤까지 보여주자 연아는 또 까르르 웃는다.

"니, 니 아부지 탱고 추는 거 한 번도 본 적 없제? 억수로 잘 추는데. 난다 긴다 하는 사람이 다 모인 경성에서도 니 아부지만큼 탱고를 잘 추는 사람을 본 적이 없다."

"그게 와 좋노?"

"니 아부지와 춤을 추는 동안엔 내가 억수로 멋지고 중요한 여자가 된 것 같거든……."

"머라 카는지 몰겠다."

"지금은 몰라도 된다. 그라고, 나중에 네 아부지처럼 멋진 남자가 되고 싶으면, 탱고는 꼭 배워바라."

"……."

"와, 싫나?"

"실타. 내는 열심히 공부해서 훌륭한 어른이 될 끼다."

"니 아부지처럼?"

"아니, 엄마처럼. 엄마는 내 같은 아도 잘 챙겨주니까."

"아이고야, 어데서 이렇게 예쁜 아가 툭 떨어져 나한테 왔노?"

연아는 제 속으로 낳은 아이라도 이렇게 달콤하지는 않겠다 싶은 말을 툭 하니 뱉는 아이를 꼭 끌어안고 만다. 밀양에서 기생으로 살면서도 딱히 여염집 여자들이 부럽지는 않았다. 좀 잘났다 싶은 남자는 물론이고 고만고만한 남자까지도 웬만하면 첩을 두었고, 여자들은 제 남편이 첩을 몇몇이나 두었든 끽소리도 못 하고 살아야 했다. 하지만 단 한 가지, 아이를 낳아 키우는 것만큼은 못 견디게 부러웠다. 밀양의 꽤 소문난 기생집인 '예인'을 그만두고 근섭과 살림을 차린 것도 바로 이 때문이었다.

"니 내랑 계속 살자. 알겠제? 엄마 두고 으데 가지 마라."

2

재훈은 종종 사람 얼굴을 한 기차가 큰 입을 벌려서는 사람들을 덥석 삼켜 먹는 꿈을 꾸곤 했다. 머리부터 삼켜진 사람의 두 다리가 버둥거리는 것을 보는 것은 너무 끔찍한 일이라 질끈 눈을 감으면, 기차가 차갑고 단단한 손가락으로 재훈을 툭툭 쳤다.

너도 먹힐래?

싫어.

왜?

니가 무섭다.

기차는 얼굴을 잔뜩 찡그렸다.

세상엔 기차를 무서워하는 사람은 없어. 모두 내게 먹히고 싶어 안달이지. 내가 어디든 데려다주니까. 그런데 넌 가고 싶은 곳이 없구나. 날 무서워하는 게 아니라, 가고 싶은 곳이 없는 거야.

맞다, 없다. 그런데……. 와 내는 맨날 어디론가 가고 있는 건데?

어느 사이엔가 달리기 시작한 기차 옆에서 재훈도 달리고 있었다. 기차보다 빠르지도, 기차보다 느리지도 않다. 멈추고 싶어도 멈출 수가 없다. 기차가 저를 꽉 잡고 있어서다.

뛰어, 계속 뛰어. 먹히는 대신 뛰는 게 더 좋지?

아니야, 아니야.

그래도 뛰어. 어른들은 널 원하지 않아. 아무도. 그러니까 나랑 멀리멀리 가버리자.

너도 똑같다. 너도 니 마음대로 내를 끌고 가잖아.

더 강하게 조이는 기차의 힘에 진짜 죽겠다 싶을 정도로 괴롭게 몸부림을 치다 보면 어느 사이엔가 방바닥에서 헤엄을 치고 있는 것 같은 모습으로 누워 있는 저를 발견하게 되는 것이다. 이런 꿈을 꾼 날이면, 구겨진 이불은 축축하니 젖어 있었다. 근섭의 집으로 온 이후에는 한동안 꿈을 꾸지 않았다. 당연히 이부자리에 오줌을 싸는 일도 없었다. 저를 괴롭히던 기차가 없는 세상에서 살고 있다고 안심하고 있었는지도 모른다. 그런데 '으데 가지 마라.'라는 연아의 말은 한동안 잊고 있었던 기차 꿈을 떠올리게 했다. 어딘가로 가고 싶다고 생각한 적이 없는데도 어딘가로 보내졌다. 그래서 알게 된 사실 중 하나는 저에겐 살 곳을 고르는 선택권이 없다는 것이다.

엄마 두고 으데 가지 마라.

연아의 따뜻한 음성도 재훈에겐 믿음을 주지 못했다. 종종 꾸는 기차 꿈만큼이나 현실성이 없었다.

내를 버리지나 마라.

재훈은 이렇게 말하고 싶었다.

니들 사정에 따라 내를 버리지나 마라.

절대 깰 수 없는 약속을 받아내고 싶었다.

하지만 재훈은 아무 말 없이 고사리 같은 손으로 연아의 뺨을 타고 흐르는 눈물을 닦아주었을 뿐이다. 왜인지 알 수는 없지만, 여자는 눈물을 흘렸고, 그 눈물은 재훈이 다른 말을 내뱉지 못하도록 했다.

아주 오랜 시간이 지난 후, 재훈은 문득 이날의 감각을 떠올린 적이 있다. 저를 꽉 부둥켜안은 여자의 미세한 떨림, 터져 나오려는 울음을 꾹 참느라 몇 번이나 헐떡였던 숨소리는, 차고 어두운 방에서 허기에 시달리던 자신의 모습과 똑 닮아 있었다. 저는 아무것도 할 수 없는 아이였기에 그렇다고, 어른이 되면 다를 것이라 여겼다. 빨리 어른이 되기를, 어른이 되어서 제가 가고 싶은 곳, 제가 있고 싶은 곳에 있을 수 있기를 간절히 원했다. 그런데 어른이라고 딱히 제 마음대로 할 수 있는 건 아니라는 걸 이날 어렴풋하게나마 깨닫고 만 것이다.

3

재훈은 근섭의 집에서 가을과 겨울을 지냈다.

보통학교 입학식을 사흘 앞둔 날 오전이다. 이부자리에서 일어난 재훈은 부스스한 얼굴로 살짝 눈살을 찌푸린다. 창호 안쪽으로 깊게 파고든 햇살에 눈이 시리다.

"엄마, 엄마?"

대답이 없다. 재훈은 부엌에 가볼까 생각하다 그냥 툇마루에 멍하니 걸쳐 앉는다. 근섭은 아예 일주일 전부터 집에 들어오지 않았고, 연아는 매일같이 밖으로 나갔다가 늦은 밤에야 들어오곤 했다. 이들에게 심상치 않은 일이 생겼다는 건 재훈도 눈치채고 있었다.

사업 실패, 동업자들의 도망, 형무소 수감.

근섭과 연아의 대화에서 톡톡 튀어나온 이 단어들 때문이다. 단어의 뜻을 알지도 못했고, 무슨 일이 일어나고 있는지도 정확하게 몰랐지만, 무언가 좋지 않은 일인 것만은 분명했다.

- 니 아부지 형무소에 갔다.

연아는 다른 설명 없이 이렇게만 말해주었다.

- 니도 내도 인자……. 여서 못 산다.

그다지 놀라운 말도 아니었다. 사라진 아버지, 혼자 남은 아버지의 여자, 그리고 부족한 돈. 이것들이 가리키는 것은 한 가지였다. 또 누군가의 집에 보내지게 될 것이다. 재훈은 한숨을 푹 쉰다.

이럴 줄 알았다.

아버지와 사는 지난 몇 달은 달콤한 눈깔사탕을 먹는 것과 같았다. 아무리 조심스럽게 살살 굴리며 먹어도 결국엔 녹아서 다 사라져버리는. 그랬기에 언젠간 입안에 든 사탕이 순식간에 사라져버릴지도 모른다는 생각을 하곤 했는데 결국 그런 일이 일어나버린 것이다.

재훈은 툇마루에서 훌쩍 뛰어내린다. 부엌에서 먹을거리를 찾을 생각이다. 그때다. 대문을 여는 소리와 함께 연아가 들어섰다.

"들어오이소."

연아 뒤에는 희끗희끗한 머리를 한 올도 남기지 않고 뒤로 넘겨서는 옥비녀로 쪽을 진, 키 작은 여자가 서 있다.

"쟈가 재훈이라예. 재훈아, 인사해라. 니 친할매다."

순간, 재훈은 많은 것을 알아차리곤, 재빨리 연아의 치맛자락을 붙잡는다.

"내는 엄마랑 살 끼다. 엄마를 두고 으데 안 간다. 약속했다 아이가."

"아들. 니도 알고 있었제? 내가 니 진짜 엄마가 아인 거."

"안다. 아니까 부탁한다 아이가."

연아는 질끈 눈을 감았다 뜬다. 그러곤 작은 봉투 하나를 재훈의 손에 꼭 쥐어준다.

"내중에……. 진짜 진짜 갈 데 없으면 여라도 가라. 진짜 갈 데 없을 때만. 그 전에는 그냥 들고 있고. 알았제?"

재훈은 고개를 숙이고 만다. 가족 놀이는 끝났다. 그렇다는 걸 깨닫고 나니 더는 붙잡지 못한다.

가짜 아인데. 가짜가 아니었는데…….

*

근섭이 당분간 형무소에서 나올 수 없다는 것을 확인한 연아는 5년 전 일본 교토로 건너간 근섭 모친인 성인에게 전보부터 보냈다. 전보를 받은 성인은 다음 날 아침 배를 타고 부산으로 왔다. 하지만 그날 바로 재훈을 찾지는 않았다. 형무소에 있는 아들을 만나고, 아들을 형무소에서 꺼내줄 만한 사람이 없는지를 찾아다니는 데에만 사흘이 걸렸다. 결국엔 어찌해도 근섭을 형무소에서 빼낼 수 없다는 사실을 깨닫곤 일단 재훈을 교토로 데려가기로 한 것이다. 사실 딱히 마음에 드는 결정은 아니었다. 시집온 지 석 달 된 며느리가 제 성질대로 집을 뛰쳐나갔던 그날의 일을 생생하게 기억하고 있어서다.

— 앞으로 절대 볼 일 없을 꺼라예.

제 눈을 똑바로 보며 입가에 미소까지 머금은 며느리를 본 순간 그녀는 이렇게 생각하고 말았다.

이년이 내를 비웃는구나.

잊으려야 잊을 수가 없는 날이었다. 그래서인지 귀히의 피가 반이나 섞인 아이에게 딱히 정이 가지는 않았다.

그래도 심씨 집안 핏줄인데.

내 아들의 아들이자, 내 손자인데.

성인은 제 마음을 다잡으며 헛기침을 몇 번 뱉어낸다. 그 소리에 돌아보는 아이의 눈엔 그렁그렁 눈물이 차 있다.

하고야, 그래 니라고 괘안겠나.

어린것이 그동안 정 붙이고 살았던 사람과 떨어지지 않으려 애를 쓰는 것을 보니 마음 한쪽이 시큰거린다. 자세히 보니 눈매며 콧대가 제 아들 판박이다. 애당초 노력할 것도 없이 자연스럽게 마음이 쓰이는 제 피붙이인 것을. 성인은 아이 가까이 다가선다.

"재훈아, 할매한테 오니라. 한번 안아보자."

4

재훈은 부산항에 도착하기 바로 직전까지도 연안여객터미널에 오게 되리라는 생각을 하지 못했다. 성인이 일본으로 갈 것이라는 말을 했는데도 그랬다. 일본 땅이 바다 건너에 있다는 사실 자체를 몰라서다. 그저 '또 어딘지 모를 낯선 곳에 가게 되었구나.' 같은 생각만 했다. 그런데 인력거가 도착한 곳엔 파랗게 넘실거리는 바다가 있었다. 그것만으로도 이미 가슴이 콩닥거렸는데 근섭이 사 준 모형 배보다 훨씬 큰 진짜 배를 보고선 입이 쩍 벌어졌다. 성인은 여객선의 웅장한 위용에 '와, 와.'를 연신 뱉어내는 재훈의 손을 덥석 잡고는 터미널 안쪽으로 걸음을 옮긴다. 질질 끌려가다시피 가면서도 재훈은 여객선에서 눈을 떼지 못한다. 그렇게 들어간 터미널 안은 여객선을 타려는 사람들로 복작인다. 성인은 재훈의 손을 잡은 채 급한 발걸음으로 매표소 앞에 줄을 선다.

"우리 인자 배 타는교?"

"오야. 좋나?"

"어, 쬐금."

"그럼 됐다."

줄을 선 지 이십여 분이 지났을 즈음이다. 성인과 재훈은 매표 창구 바로 앞까지 왔다

"으른 하나, 아 하나."

성인이 창구 안으로 돈과 증명서를 밀어 넣는다.

"여행 증명서가 와 한 장만 있는교? 아 꺼도 있어야 하는데."

"아가 인자 일곱 살인데. 증명서가 필요한교?"

"조선인은 한 살 아기라도 있어야 합니더."

"좀 봐주이소. 내캉 지금 안 가면 아가 갈 데가 없심더."

"내 알 바 아이고, 증명서부터 받아 오시소."

재훈은 조모와 매표소 직원이 나누는 대화를 이해하지 못한다. 조선인, 여행증명서? 뭐지? 뭔데 꼭 있어야 하는데? 갑자기 세상이 매우 복잡하게 느껴진다. 이제껏 알고 있는 세상과는 또 다르다.

"우짜노? 우짜면 좋노?"

매표소에서 돌아선 조모는 발을 동동 구른다. 앞으로 한 시간 후면 시모노세키 항으로 가는 배가 출발할 것이다. 일본 교토의 집에서 홀로 저를 기다리고 있을 늦둥이 아들이 어른거린다. 아가 밥은 잘 챙겨 먹고 있으려나. 이웃에 돈을 주고 아이 좀 살펴달라 부탁했던 기간도 오늘까지다.

"재훈아. 니 지금부터 내 말 잘 들으라. 니는 일단 함안에 가 있어라. 거 가면 친척 어른들이 있을 끼다. 니 아버지 사촌도 거 있다."

그러곤 알려준 집 주소를 재훈이 잊어버리지 않게 몇 번이나 반복해 말하도록 한다. 이쯤이면 잘 기억해 찾아가겠지 싶은 확신이 서자 재훈의 손에 꽤 많은 지폐를 건네준다.

"차비니까 이자뿌리지 말고. 그리고……. 여행증명서를 꼭 받은 후에 일본으로 건너온나. 꼭. 할매 말 알아들었제? 잘할 수 있제?"

"……."

"와 대답이 없노. 올 끼가, 안 올 끼가?"

"갈 낍니더."

"꼭 온나. 꼭 와야 한다."

그제야 안심한 조모는 밖으로 나가 인력거 하나를 잡고는 인력거꾼과 대화를 나눈다. 그동안 재훈은 바다 위에 떠 있는 배를 올려다본다. 오만하게 재훈을 내려다보던 배가 이렇게 말하는 듯하다.

조선인, 날 타려면 허락을 받아.

허락은……

재훈은 이렇게 대꾸하고 싶다.

니나 받아라. 내는 가야 하는 곳이라면 가고 말 끼다.

1942년, 어린 방랑자의 선택

1

"니 다시 출근 도장 찍기로 핸나? 니도 참 고집이다."

외근에서 돌아온 박 순사는 짧게 자른 머리가 고슴도치 가시처럼 삐죽삐죽 서 있는 재훈을 발견하곤 툭 하니 말을 던진다.

아이를 처음 본 건 석 달 전이다. 당시 아이는 지금보다 더 남루한 차림으로 주재소 안으로 들어서더니 다짜고짜 '여행증명서를 떼러 왔습니다.'를 일본어로 말하고선 순사들을 쳐다봤다. 순사들 대부분이 일본인이니 저 같은 조선인이 있을 거라곤 생각 못 했을 것이다. 그래서 제 딴엔 일본어를 한다고 한 거지만, 스즈키 형사가 '다레가? 오메아가?(誰が? お前が?)'라고 묻자 아이는 눈만 끔벅거렸다. 일본어를 알아듣지 못하는 듯했다.

필요한 말만 외웠구나.

박 순사는 슬쩍 일본인 순사의 눈치를 살피곤 재빨리 아이를 번쩍 들어 짐짝 옮기듯 문밖으로 옮겨버렸다.

　- 여가 어덴 줄 알고 온 기고? 퍼뜩 집에 가라.

　- 어? 조선말도 할 줄 압니꺼?

　환하게 밝아진 표정에선 '일본어를 몰라도 여행증명서를 발급받을 수 있겠다.' 같은 생각이 고스란히 드러났다. 언어가 문제가 아니라 제 나이부터 문제가 된다는 사실을 모르는 듯했다.

　전날 쫓겨난 아이는 다음 날 또 찾아왔다. 전날과는 달리 망설이는 법도 없었다. 전날과 똑같은 말을 반복했고, 전날처럼 쫓겨났다. 그렇게 열흘이 지났을 즈음이다. 아이는 닭똥 같은 눈물을 뚝뚝 흘리며 애원하기 시작했다.

　- 지는 거 아이면 갈 데가 없어예. 여는 아부지도 어무이도 할매도 없어예. 제발 한 번만 떼 주이소.

　아이는 울며 매달리는 것으로 작전을 변경한 듯 보였다. 그가 아이의 행동을 작전이라고 생각했던 건 순전히 처음 아이를 봤을 때의 인상 때문이었다. 망설이기는 했지만, 겁을 내지는 않았다. 순사복만 봐도 냅다 도망치는 여느 아이들과는 달랐다. 무엇보다 부탁하는 주제에 저가 맡긴 물건을 돌려받으러 오기라도 한 것처럼 표정이나 행동이 당당했다. 그런 아이가 여느 아이가 그러하듯 눈물 콧물을 다 뽑어내며 애원하는 모습은 어울리지 않았다. 적어도 그가 보기엔 그랬다.

　- 제발요.

　이후로도 아이는 매일같이 찾아와 눈물로 호소했다. 그쯤 되니 일본인 순사들은 아이를 보자마자 박 순사에게 눈치부터 줬다. 시끄러

우니 밖으로 끌어내라는 것이다. 아이도 일단 한번 끌려나가면 다시 들어오진 않았다. 주재소 밖에서 서성이다 박 순사가 나오기만을 기다렸다. 일본인 순사보단 저에게 매달리는 것이 그나마 승산이 있다고 생각한 모양이었다. 학교 대신 주재소로 등교해 울며불며 매달리는 아이의 이야기는 동네에서 모르는 사람이 없을 정도가 되었다. 일본인 집사로 있는 송씨가 주재소 문을 열고 들어서려다 마침 박 순사의 손에 끌려 나온 아이를 보곤 물었다.

- 니가 갸가?

- 맞심더. 야가 갸임더.

박 순사가 대신 대답해 주었다. 그러자 송씨는 한숨을 푹 내쉬곤 조곤조곤 말하기 시작했다.

- 니 목 우에 달린 게 머리 아이가. 머리가 있음 생각이라는 걸 해야지. 우째우째 하다가 증명서를 받았다고 치자. 그럼 머하노. 니 인자 여덟 살이라매? 어린것이 혼자 일본까지 우째 가겠노? 그래, 배 타고 일본 땅에 도착했다고 치자. 거서 니 할매집을 우째 찾겠노.

박 순사는 팔짱을 낀 채 흥미로운 눈으로 아이를 봤다. 우쩔래? 어느 사이엔가 저도 모르게 아이의 다음 행동이 궁금해진 것이다. 어른 남자에게 바락바락 대들까, 아니면, 현실을 알게 되어 낙심해서는 그대로 돌아설까. 그런데 아이는 송씨의 눈을 똑바로 보며 대꾸했다.

- 지는 일곱 살 때도 함안에서 혼자 여까지 왔어예. 기차 타고 인력거 타고. 혼자서. 지를 본 친척 으른들이 놀라서는 니는 진짜 크게 될 놈이라고 칭찬도 했어예.

함안 친척 집에선 근 반년을 얹혀살았다고 한다. 그런데 하도 눈치가 보여 홀로 이곳 진주 친척 집으로 왔다는 것이다. 그 전엔 부산에서, 그 이전엔 경성에서, 더 이전엔……. 아이는 아무도 묻지 않았는데도 저가 지금까지 얼마나 많은 집을 떠돌아다녔는지를 늘어놓았다.

- 지금은 여덟 살이라예. 작년보다 더 컸어예. 글도 읽을 수 있어예. 그러니까 지는 못 갈 곳이 없어예. 순사 아재. 일본으로 가는 증명서 떼 주이소.

그래, 나라면 갈 수 있겠다.

박 순사는 설득당했다. 아이는 제 말대로 혼자서도 무사히 일본으로 갈 수 있을 것이다.

'방법을 찾아보자. 믄 방법이 안 있겠나?'

아차차 싶었지만 이미 엎질러진 물이었다. 순간 반짝 눈을 빛내며 기대에 찬 눈으로 쳐다보는 아이의 희망을 그 자리에서 꺾고 싶지도 않았다. 하지만 그라고 딱히 방법이 있는 건 아니었다. 그래서 그로부터 며칠 후엔 '이젠 그만 와라. 믄 방법이 없다.'는 말을 할 수밖에 없었다. 그게 일주일 전이다.

이후로 아이는 발걸음을 뚝 끊었다. 포기했나 보다. 그렇게 생각하고만 있었는데, 오늘에야 다시 모습을 보인 것이다.

"할매엄마캉 왔어예."

그제야 아이 옆에 앉아 있는 나이 든 여자가 보인다. 칠순이 가까운 여자는 재훈의 조모를 키운 계모다. 재훈에겐 할머니의 엄마인 셈인데, 재훈은 그냥 할매엄마로 불렀다. 여자는 주재소를 제집처럼 편히 여기는 재훈과 달리 잔뜩 경직되어서는 깊숙이 고개를 숙인다.

"선상님. 지가 야를 데꼬 일본으로 갈 끼라예. 지가 신분도 확실하고, 지 딸년도 일본에 있어예. 그니까 여행증명서 두 장 떼 주이소."

아, 결국 방법을 찾았구나, 니가. 박 순사는 헤헤 웃으며 제 머리를 긁적이는 아이에게서 한동안 눈을 떼지 못한다.

*

"아이고, 시어마씨야. 니 땀시 내 명에 몬 살것다."

할매엄마는 주재소를 나오고 나서도 한참을 걸은 후에야 주저앉듯 쪼그려 앉는다. 평생 이처럼 마음을 졸였던 적이 없다. 제 발로 주재소에 들어가서는 호랑이보다 더 무서운 순사에게 거짓말까지 해버렸다. 긴장이 풀리자마자 눈 아래 살이 파르르 떨리기까지 한다. 부축해 일으켜 세우려는 재훈의 손을 거칠게 쳐내고 재훈의 이마에 꿀밤을 날려버린다. 지금 이 모든 일이 아이 때문이라 생각하니 갑자기 화가 치밀어 오른 것이다.

일주일 전이다. 매일같이 주재소에 출근하던 아이는 저를 붙잡고는 같이 증명서를 떼러 가자고 애원에 가까운 부탁을 해댔다. 이제껏 단 한 번도 고향을 벗어난 적이 없는 여자는 일본 땅을 마치 옆 동네 가듯 가자고 하는 소리로 듣고는 '야가 미쳤나!'고 퉁명스레 받아쳤다. 그런데 아이의 말을 자세히 들어보니 가는 척만 하고, 증명서를 떼 달라는 것이다. 이 또한 문제였다. 일본엔 가지 않으면서 여행증명서를 발급받는 건 서슬 퍼런 순사들을 속이는 일이었고, 혹여라도 발각되면 크게 경을 칠 수도 있는 노릇이었다. 그런데 어제 그만 아이의 말에 홀라당 넘어가 버렸다.

- 그럼 지가 으른이 될 때까지 여 있어도 되는교? 일본에 못 가면 여서 살아야 하는데.

어이는 없지만, 일리는 있었다. 눈 한번 딱 감고 거짓말하는 것으로 아이를 눈앞에서 치워버릴 수 있을 것이다. 나름 꽤 괜찮은 계산이었기에 방금 주재소의 일을 후회하지는 않는다. 하지만 저를 여기까지 내몬 아이를 너른 마음으로 봐주는 것도 딱 여기까지다.

"여비는 니가 알아서 구해라. 그까진 내 몬 한다. 알겠제?"

2

여행증명서가 나오자 재훈은 가방 속 깊이 감춰 둔 돈을 제 호주머니에 옮겨 둔다. 수년 전 이모할머니의 남편에게 받은 돈과 할머니가 일본으로 가기 전에 준 돈을 합치면 관부연락선 비용을 댈 수 있을 것 같기도 했다. 다만 시모노세키에서 교토까지 가는 여비가 문제였다.

어데서 돈을 구하겠노?

어제 겨우 산을 넘었더니 오늘 또 다른 산이 떡 버티고 서서는 길을 막는 느낌이었다. 여행증명서는 애원, 눈물, 설득으로 어찌어찌 얻어낼 수 있지만, 돈은 이러한 것들로 얻어내기 힘들 것이다. 따지고 보면 아버지가 형무소에 간 것도 돈 때문이었고, 그 전에 이모할머니가 저를 광화문 이모할아버지에게 보낸 것도 돈 때문이었다. 그리고 할매엄마가 눈치를 주는 것이나 밥을 적게 주는 것도 돈 때문일 것이다.

이놈의 돈.

재훈은 호주머니 속 돈을 만지작거리다 담벼락 아래 긴장감 없이 앉아 있는 두꺼비 앞으로 가서는 털썩 앉는다. 이 집의 일곱 식구 중 누군가가 작정하고 키우는 놈은 아니다. 어느 날엔가 이 집 담벼락 아래로 기어들어 와서는 제집인 양 살고 있을 뿐이다.

- 하고야, 복덩이가 들어왔네. 어데서 큰돈이라도 생길란가.

할매엄마는 두꺼비를 돈복이라 여기곤 다른 가족이 손도 대지 못하게 했다. 두꺼비도 그것을 아는지 사람을 겁내지도 않았고, 웬만해서는 움직이지도 않았다.

"니, 깨놓고 말해바라. 니 돈복 아이제? 기면 니도 데꼬 갈 낀데."

재훈은 바지에 잔뜩 묻은 흙을 툭툭 털어내며 일어난다. 다시 함안으로 돌아갈 생각이다. 함안의 생활이 이곳 진주에서의 생활보다 나았던 것은 아니다. 오히려 오촌 당숙네, 오촌 고모네, 심지어 촌수도 제대로 알지 못하는 먼 친척 등 여러 집을 전전하며 눈칫밥을 먹어야 했다. 그런데도 다시 함안으로 가려는 데엔 저 나름의 계산속이 있어서다. 그곳엔 예전에 조부 밑에서 일했던 사람들이 대여섯 있었다. 조부는 집안의 그 많던 재산을 다 말아먹고 일본 오사카로 도망치듯 가버렸지만, 그와 함께 일한 사람들 대부분은 조부를 좋아하는 편이었다.

그 아재들이라면, 낼 도와줄 끼다…….

재훈은 제 옷가지와 모형 배만 들어 있는 가방을 툇마루에 올려놓고는 그 옆에 자리를 잡고 앉는다. 할매엄마가 오기를 기다리는 것이다. 삼십여 분이 지날 즈음 이웃의 제 큰딸에게 갔던 할매엄마가 사립문을 열고 들어서는 게 보인다. 재훈은 가방을 꼭 쥐고 다다다 달려가서는 밝은 목소리로 말한다.

"할매엄마. 지금 갈게예. 그동안 억수로 고마웠어예."

3

부산항에서 출발한 관부연락선 덕수환은 새벽 2시쯤 시모노세키 항에 도착했다. 재훈은 항구를 밝히는 불빛들에 흔들리는 검은 바다를 멍하니 쳐다본다. 그 옆에는 동준이 서 있다. 동준은 열여덟 살로 일본 유학길에 오른 청년이다.

- 야 좀 데꼬 가주면 안 되것나? 여행증명서도 들고 있다.

그저께 그는 함안의 조부에게 갔다가 재훈을 알게 되었다. 조부는 경성에서 공부하는 손자가 일본 학교에 다니게 되었다고 동네방네 자랑하며 다녔는데, 그 말을 듣고는 이웃집 노인이 재훈을 데리곤 찾아와서는 대뜸 부탁한 것이다.

- 와 안 되겠노? 된다. 되제?

제 마음대로 허락하고선 뒤늦게 동준에게 묻긴 했지만 사실상 동준의 허락을 구한 것은 아니었다. 동준은 조부의 말에 표정이 밝아진 아이를 보며 고개를 끄덕였다.

"춥제? 일단 절로 가자."

동준이 가리킨 곳엔 기차 역사가 있다. 그제야 재훈은 배에서 내린 사람들 대부분이 기차역 쪽으로 발걸음을 옮기는 것을 본다.

"내 말 맞제? 여도 항구 바로 옆에 역이 있다 아이가."

재훈은 졸린 눈을 비비며 고개를 끄덕인다. 어제 잠들기 전 재훈은 동준에게서 이런저런 이야기를 많이 들었다. 동준은 재훈이 궁금해하는 것을 웬만하면 다 알고 있었고, 재훈이 알아야 하는 정보를 먼저 가르쳐주기도 했다.

- 시모노세키 항구에 도착하면 바로 기차역이 있을 끼다. 일본 아들이 부두 깊숙한 곳까지 철도를 깔아 놓았다 아이가. 부산항에서도 봤재? 부두 안쪽까지 철도를 깔아 놓은 거. 조선 땅에 있는 것들을 모조리 빼앗아 일본 땅으로 들고 가기 편하게 하려고 그런 기라.

어쩐지 화가 난 것 같은 목소리였다. 하지만 재훈은 '항구와 연결된 기차역에서 바로 기차를 타고 교토로 가면 된다.'는 정보에만 집중했다. 일본 땅을 밟기는 했지만 이 낯선 땅에서 할머니 집을 찾아가는 건 또 다른 문제였기 때문이다.

역사 안은 먼저 와 있는 사람들로 꽉 차 있다. 그들이 앉을 수 있는 마땅한 자리도 보이지 않는다. 동준은 옅은 한숨을 내쉬며 재훈을 걱정스레 쳐다본다.

"피곤하제?"

"개안타. 형은?"

"내도 개안타."

재훈은 동준과 구석 벽 쪽으로 가서는 등을 기대고 차가운 바닥에 앉았다. 벽과 바닥에서 전해지는 한기 때문에 으슬으슬 떨리는데도 눈꺼풀이 무겁게 감긴다. 그렇게 몇 분인가 지났을까. 동준이 화들짝 놀라 몸을 움찔거리는 기척에 재훈이 번쩍 눈을 뜬다.

"미안타. 교토까진 함께 가주려 했는데……."

동준은 반쯤 몸을 굽혀 일어서서는 그 자세 그대로 사람들 속으로 사라져버린다.

어? 어? 무슨 일인지 몰라 당황한 재훈이 벌떡 일어서는 순간, '이 동준!'이라는 날카로운 목소리가 들렸고, 키는 작지만 건장해 보이는 남자가 동준을 향해 뛰고 있는 것이 보인다.

"형!"

동준을 뒤따라가려는데 누군가가 재훈을 감싸듯 안으며 한 손으로 입을 틀어막는다.

"쉿! 위험해. 조용히."

젊은 여자다. 그녀는 동준과 그를 뒤쫓는 남자가 역사 밖으로 사라지자 긴 한숨을 내쉬며 재훈의 입에서 손을 뗀다.

"……."

순식간에 일어난 일들에 무슨 말을 어떻게 해야 할지 알 수가 없다. 머지? 머지?

재훈은 놀란 눈으로 여자를 쳐다보기만 할 뿐이다.

"동준 동지 대신에 내가 첫차 시간까지 기다려줄 거야. 넌 아무 걱정하지 마."

부드럽게 속삭이듯 말하는 어투와 달리 여자의 눈동자는 불안하게 흔들리고 있다.

"혀, 형은?"

"괜찮을 거야. 괜찮아야 하고……."

재훈은 어쩐지 울음을 터뜨리고 싶다. 여자의 불안감이 고스란히 전해졌기 때문만은 아니다. 짧은 시간이나마 함께 있었던 동준이 갑자기 눈앞에서 사라졌기 때문도 아니다. 무언지 알 수 없는 감정이 오돌오돌하니 솟아나서는 제 마음 어딘가를 꾹꾹 찌르고 있어서다.

훗날, 재훈은 이때의 일을 몇 번 떠올린 적이 있다. 당시 그 형은 어떻게 되었을까. 독립운동을 했던 것일까. 만약 그런 것이라면, 그때 일본 순사에게 잡혀 큰 고초를 겪었을 텐데……. 아직 살아 있으려나.

열여덟의 청년에겐 엄혹한 시대였을 것이다. 재훈 역시 그와 같은 시대를 살았지만, 당시엔 청년이 느꼈을 법한 절망이나 분노의 결을 이해하지 못했다. 여덟 살 아이였던 재훈은 자신을 둘러싼 어른들의 선택이 시대보다 더 가혹하게 느껴졌을 뿐이다. 하지만 그날 이후로 재훈은 또 다른 세상 하나로 첫 발걸음을 뗀 것 같은, 묘하면서도 두렵기까지 한 기분을 맛보아야 했다.

2부
가시에 찔려, 헤매다

2008년 6월, 요셉의원에서 시작된 이야기

1

재훈은 영등포역 뒷골목 쪽방촌으로 들어선다. 그러자 대낮부터 술에 취한 남자가 허름한 쪽방 앞에 앉아 있는 것이 보인다. 남자는 무겁게 내려앉은 머리를 억지로 든 것 같은 모양새로 오가는 사람을 눈으로만 좇고 있다.

"지 선생님. 속은 좀 괜찮습니까? 약은 꼬박꼬박 먹고 있지요?"

사흘 전에도 하루에 두 번, 두 알씩 꼭 챙겨 먹어야 한다고 신신당부를 했었다.

"어, 어. 괘, 괜찮아. 고마워요. 고마워. 화영 씨. 내가 내일 만나러 갈게."

제 앞에 있는 사람이 남자인지 여자인지도 모를 정도로 취해서는 애써 세운 고개를 푹 숙이고 만다. 그러면서 얼른 가라는 듯 힘없이 든 손을 허공에다 휘휘 젓는다.

"내일 꼭 와요. 요셉의원에. 알았지요? 그래야 안 아파요."

재훈은 두어 번 더 말한다. 그러자 남자는 듣기 싫다는 듯 제 귀를 틀어막는다. 하지만 통증이 심하면 제 발로 요셉의원을 찾아올 것이다. 재훈은 요셉의원 쪽으로 발걸음을 옮긴다. 매년 여름 한국에서 지내며 요셉의원에서 의료봉사를 한 지도 5년이다. 사실 이전에는 요셉의원 자체를 알지 못했다. 11년간 의무과장으로 지냈던 올랜도 시의 연방교도소에 사직서를 내고, 뉴욕의 가톨릭 의료선교본부를 찾아가지 않았다면, 아마도 평생 몰랐을 터다. 하지만 그는 더 늦기 전에 의료봉사를 할 만한 곳을 찾기로 했고, 그래서 추천받은 곳이 요셉의원이다.

한국.

바로 옆 동네도 아니고, 오랜 시간 비행기를 타야만 갈 수 있는 곳이다.

멀어도 고국인데, 이왕 봉사할 거면 고국에서 하는 게 안 낫나.

인향은 찬성하는 쪽이었다. 그동안 바쁘게 사느라 자주 갈 수 없었던 한국에 매년 갈 수 있는 것만으로도 얼마나 큰 복이냐고, 간 김에 여러 달 머물며 봉사도 하고, 친인척이나 지인들도 만나면 되니 그야말로 꿩 먹고 알 먹기라고 웃기까지 했다. 아내의 응원에 힘입어 재훈도 제 마음을 굳혔다. 그러고선 바로 그다음 해인 2003년에 한국으로 건너와 요셉의원에서 의료봉사를 시작한 것이다.

쪽방촌의 익숙한 길을 천천히 걷다 보니 3층짜리 벽돌 건물이 바로 나타난다. 건물 문 앞에는 행색이 남루한 사람들이 길게 줄을 선 채로 문이 열리기만을 기다리고 있다. 골목 안까지 들어선 정오의 햇

볕이 따스해서인지 몇몇은 줄을 선 자리에 쪼그리고 앉아 졸고 있기까지 하다.

"선생님. 일찍 오셨네요. 식사는 하셨어요?"

문 앞에서 쪽방촌 주민인 박씨와 대화를 나누던 윤씨가 재훈을 발견하고는 인사를 건넨다. 그녀는 이 해 초에 다니던 직장을 그만두고 한 달 전부터 이곳에서 자원봉사를 시작했기에 재훈과는 아직 서먹한 사이다. 그녀는 재훈에 대해서 귀동냥으로 들은 이야기만 알고 있다. 한국에서도 의사였던 재훈이 1960년대 후반 즈음에 미국으로 건너갔다는 것과 미국에서도 의사로 살았다는 정도이다. 그 때문에 그녀는 재훈을 그 어려운 시대에도 부잣집에서 곱게 자란 도련님으로 살았을 거라 미루어 짐작해 버렸다.

"네. 박 선생님도 식사하셨지요?"

"네. 아점을 먹었습니다."

"아침 겸 점심이지요? 행정부서의 김 선생님에게 들었습니다."

"하하하. 네."

윤씨는 재훈이 건물 안으로 들어서는 뒷모습을 잠시 지켜보다 이내 박씨와 끊겼던 대화를 이어간다. 그 사이 재훈은 1층의 쉼터를 지나 2층 계단을 오른다.

"아! 심재훈 선생님이다."

이번엔 진주가 쪼르르 달려와 바로 옆에서 함께 계단을 오른다. 진주는 국문학을 공부하는 대학생이지만 수업이 없는 화요일과 수요일, 딱 이틀 이곳에서 환자들을 안내하거나 청소하는 일을 맡고 있다. 쾌활하고 붙임성이 좋은 성격이라 저보다 훨씬 나이가 많은 재훈과도 스스럼없이 지내는 편이다.

"선생님. 오늘은 밤 진료 없으시죠?"

오후 1시에 시작된 진료가 끝나는 시간은 오후 5시다. 밤 진료는 두 시간 후인 7시에 시작된다.

"저희랑 저녁 같이 드세요. 어제 못 한 이야기도 들려주시고. 일본에 도착한 후에 할머니는 만나셨어요? 너무 궁금해서 잠을 설쳤어요."

"하하."

"웃지만 마시고요. 네? 만나셨어요?"

"네. 만났습니다."

"그럼 이후론 계속 할머니랑 사신 거예요? 일본에서? 그러다 미국까지 가신 거예요? 아! 나도 참. 죄송해요. 오시자마자 질문 폭탄을. 오늘 저녁에도 저희랑 저녁 드실 거죠?"

재훈은 고개를 끄덕인다. 그제야 진주는 환하게 웃고는 2층 홀 중앙 쪽으로 달려간다. 그녀가 간 곳에는 무거운 상자를 든 강씨가 있다.

"저한테 주세요."

등 뒤로 진주의 목소리가 들리는 가운데 재훈은 진료실 안으로 들어선다. 낡았지만 정리정돈이 잘되어 있는 책상에 앉으려는데 이번엔 율리아나 수녀가 노크하고 들어선다.

"선생님. 혹시 김남덕이라는 분을 아세요?"

"김남덕⋯⋯? 처음 듣는 이름입니다. 누굽니까?"

"오늘 오전 10시쯤에 그분이 선생님을 찾아오셨어요. 선생님 기사가 실린 신문을 보고 여기에 계신 걸 아셨대요. 선생님 연락처를 물어보셨는데, 허락 없이 알려드릴 수 없다고 하니 나중에 다시 찾아오시겠다고 했어요."

"그래요? 나이가 든 사람이었습니까?"

"칠십 대 중후반⋯⋯. 선생님과 비슷한 연배로 보였어요."

"그분은 연락처를 남기지 않았습니까?"

"네. 연락처를 말씀해 주시면 전해주겠다 했더니, 그저 다시 오겠다는 말만 하셨어요."

"혹시 제가 없을 때 그분이 오시면, 제 연락처를 가르쳐주셔도 됩니다."

"네. 그렇게 할게요.

율리아나 수녀가 나가자 재훈은 수첩에 '김남덕, 70대. 남자.' 라고 써 둔다.

김남덕, 김남덕. 누구지?

기억을 더듬어보는데, 율리아나 수녀가 다시 돌아와서는 문 안쪽으로 얼굴만 쏙 내밀곤, '아참. 제가 이 말을 잊었네요.' 라고 운을 뗀다.

"오늘 저녁에도 재미난 이야기 해주시기로 했다면서요? 하하. 저도 같이 들을게요."

2

재미난 이야기라.

일본으로 간 이후의 이야기에 '재미난'이라는 말을 붙일 수 있을까. 당시엔 전혀 재미있지 않았다. 지금도 크게 다르진 않다. 일본에서의 생활을 떠올리면, 제일 먼저 불쑥 튀어나오는 건 1945년 9월 교토역 앞에 서 있는 열한 살 재훈이다.

일본에서 산 지 3년이 조금 지났을 무렵이다. 아이의 앞에는 큰 가방을 어깨에 메고 양손 가득 짐을 들고 있는 중년 여자가 서 있다. 이웃인 청송댁이다. 그녀는 키가 작고 마른 탓에 재훈과 크게 차이가 나지 않는다. 바로 그 때문에 재훈에게 자신의 짐을 교토역까지 들어달라 부탁한 것이다. 재훈은 여자에게 짐을 넘겨주고 심부름값까지 받았다. 그길로 조모 집으로 돌아가면 되는 상황이었다. 그런데 뒤돌아서는 대신 청송댁의 소매를 붙잡는다.

"아지매, 따라갈까요?"

제가 생각해도 말이 되지 않은 제안이었다. 그렇다고 그냥 한번 던져본 말도 아니었기에 여자가 좋다 싫다 같은 말은 하지 않고 제 얼굴을 빤히 쳐다보자 침을 꿀꺽 삼킨다.

"그래, 가자."

"……."

"와, 싫나?"

"그게 아이라 이상해서……."

"머가?"

"우째 허락하는교? 조선이 바로 옆 동네도 아인데."

"따라가고 싶다매?"

"맞긴 한데……."

"궁금나?

“예.”

“사람이 그렇다. 눈구멍과 귓구멍이 있어서 안 봐도 되는 것도 보고, 안 들어도 되는 것도 듣게 되더라. 그래서 그런다.”

“예?”

“그냥 내 맴이 그래서 그런다. 됐나?”

재훈은 여자의 말을 이해할 수 없다.

그러니까, 왜 그런 마음이 들었냐고요!

1945년, 첫 번째 가출은 바다를 건너

1

시모노세키 항은 조선으로 가려는 사람들이 한꺼번에 밀려온 탓에 발 디딜 틈 하나 없이 북적였다. 검은 머리들이 콩나물시루의 콩나물처럼 **빽빽**하니 채워져 있는 광경을 본 청송댁과 재훈은 항구 안쪽으로 들어설 엄두를 내지 못한다. 근처에서 노숙이라도 하며 기다려야 하나 고민을 하던 차, 혼잡한 상황을 정리하는 미군들을 보게 되었다. 그들은 배를 타려 몰려든 사람들이 잠시 머물 수 있도록 숙소도 제공해 주었는데, 그 숙소라는 것이 모지 포로수용소였다.

모지 포로수용소는 원래 일본군이 태평양 전쟁에서 잡은 포로들을 가두는 곳이었다. 그런데 일본의 패망으로 모든 포로가 풀려나고 그 넓은 공간이 텅 비게 되자, 미군들은 배를 타기 전 조선인들이 잠시 머무는 숙소로 활용하기 시작했다. 청송댁과 재훈도 미군의 안내를 받고 포로수용소에 갔는데 이미 먼저 온 사람들로 꽉 차 있었다.

"아고야. 진즉에 올걸."

사실 청송댁은 더 일찍 일본을 떠날 생각이었다. 그런데 짐을 싼 그다음 날 오미나토 항에서 조선으로 향하던 배가 폭파되었다는 소문을 듣고는 마음을 바꾸었다. 조선인 오백여 명 이상이 죽었고 수천 명이 실종되었는데도 일본인 승무원들은 무사했다. 그들은 배가 폭파되기 전에 미리 피했기 때문이다. 그러니 사람들 사이에선 일본이 조선인을 다 죽이기 위해 계획적으로 배를 폭파했을 것이라는 소문이 돌았다.

'무지막지하게 잔악한 놈들이 또 무슨 짓을 할지 어떻게 알고.'

청송댁은 이를 갈았다. 사실 처음부터 일본인에 적대감을 가진 것은 아니다. 제국주의니 독립운동이니 같은 말을 하는 이는 따로 있다 생각했고, 저는 저대로 목숨 부지하며 사는 것에만 신경 썼다. 저보다 스무 살이나 많은 남자의 세 번째 후처로 들어간 것도 순전히 먹고살기 위해서였다. 그런데 늙은 남편은 결혼 5년 만에 죽어버렸다. 그나마 다행인 건 청송에 멀쩡한 집 한 채를 남겨준 것이다. 그렇다고 먹고사는 문제가 해결되는 것은 아니었기에 그녀는 시마다 상집의 식모로 일하기 시작했다.

시마다 상은 썩 나쁜 주인은 아니었다. 식구가 많은 집이라 일이 많아 몸은 고되었어도 딱히 사람을 닦달하거나 괴롭히진 않았다. 그렇게 1년여가 지날 즈음이었다. 시마다 상은 그녀에게 '일본으로 돌아가야 하는데, 함께 가서 우리 집 일을 하겠느냐?'고 제안했다.

청송댁은 부지런하고 손이 야무졌다. 그걸 집주인이 알아봐 주었다는 생각에 고맙기도 했고, 돈도 더 많이 준다고 하니 거절할 이유도 없었다. 그래서 온 일본이지만 요코하마에서 1년을 채우지 못하고 도망치다시피 나와버렸다. 시마다 상은 약속대로 돈을 주지도 않았고, 조선에서와 달리 그녀의 입에 들어가는 음식을 무척 아깝게 여기곤 눈치까지 주었다. 그러던 어느 날 저녁 그녀는 시마다 상이 그의 친지에게 아무렇지도 않게 자랑하던 말을 듣고 말았다.

"朝鮮奴隷は仕事が上手だ゛バカだから゜(초오센도레에와 시고토가 조오즈다 바카다카라. 조선 노예는 일을 잘해. 멍청해서.)"

굶지만 않으면 뭐든 못할까.

이런 생각만으로는 살 수 없다는 걸 처음 안 날이기도 했다.

'쪽발이 새끼들. 돈이라도 주고 지랄을 떨든가.'

청송댁은 바로 그날 새벽, 그 집을 나와서는 조선인이 많이 사는 교토까지 와버렸다. 남의 집 문간방에 세를 들고 시장에서 제가 만든 반찬을 파는 것으로 생계를 이어나갔다. 그러던 한 날이었다. 고단한 일과를 끝내고 제가 사는 집 골목 안으로 들어서기도 전에 이웃 아이의 울음과 성인의 쨍한 목소리가 들렸다.

"니가 먼데 삼촌을 패노? 어, 니가 먼데!"

또 지랄이고.

소리만 듣고도 무슨 일인지 알 만했다. 재훈이 제 조모에게 언어맞는 중일 것이다. 대여섯 걸음을 더 걸으니 그녀의 예측대로 성인이한 손으로 재훈의 뒷덜미를 붙잡고는 다른 한 손으로 아이의 등을 퍽퍽 쳐대는 것이 보였다. 조금 떨어진 곳에선 성인의 늦둥이 아들 임섭이 땅바닥에 주저앉은 채 울고 있다.

이웃집 사내아이 둘은 늘 쌈박질을 해댔는데, 싸움을 거는 쪽은 거의 재훈이었다. 임섭은 또래보다 키나 덩치가 작은 편이었기에 한 살 위인 재훈의 상대가 되지 못했다. 그러니 아이는 제 어미에게 쪼르르 달려가 '조카 놈이 내를 또 때렸다.' 고 일러바치는 것으로 제 나름의 응징을 꾀할 수밖에 없었을 것이다. 그러면 성인은 눈물 콧물 범벅이 된 아들을 달랜 후 그새 어디론가 도망친 재훈을 동네 시끄럽게 부르며 찾아다니곤 했다. 사실 성인은 재훈을 굳이 찾을 필요가 없었다. 아이는 오전에 싸웠다면 점심을, 오후에 싸웠다면 저녁을 먹기 위해 제 발로 돌아왔기 때문이다. 그 모습이 청송댁에겐 아이가 조모에게 제 몸을 내어주는 것으로 제 입에 들어가는 한 끼 식사를 지켜내는 것처럼 보였다.

청송댁은 제 어미를 뒷배로 둔 임섭보다 제 조모에게 두들겨 맞는 재훈에게 더 마음이 쓰였지만 그뿐이었다. 딱히 재훈에게 친근하게 말을 건 적도 없고, 이웃 여자의 매질을 말려본 적도 없다. 지금도 그녀는 무심히 그들을 지나치다가 조모의 손을 뿌리치고 임섭 쪽으로 달려가는 재훈을 시선으로 좇을 뿐이다.

"니가 사내새끼가? 지 엄마한테 꼰지르기나 하고!"

임섭의 머리통을 갈기곤 소리치는 재훈의 얼굴은 벌겋게 달아올라 있다.

'하고야, 저러다 더 맞지.'

청송댁의 입가가 무람없이 쓱 올라간다. 이유를 알 수는 없지만 어쩐지 웃음이 흘러나오는 것이다.

이후로도 그 동네에선 재훈이 임섭을 때리고, 임섭이 제 모친에게 달려가고, 그 모친이 재훈을 때리는 일이 꼬리잡기 놀이처럼 이어졌기에 청송댁은 수시로 옆집 가족의 행태를 관람하게 되었다.

우째 허락하는교?

재훈의 질문에 청송댁은 이렇게 말하고 싶었다.

꼬리를 끊는 것도 괜찮겠다 싶어서.

이웃으로 3년을 지켜봤으니, 그 정도는 해도 되지 않나 싶어서.

그리고…….

…….

조선까지 혼자 들고 가기엔 짐이 너무 많기도 하고.

청송댁은 제 속마음을 드러내는 대신 되레 물었다.

"가면, 지낼 곳은 있고?"

"엄마 있어예. 대구에. 거 갈 끼라예."

청송댁은 재훈이 곧잘 임섭에게 '니만 있나, 내도 있다.' 고 소리치는 것을 들었던 게 기억났다.

엄마였구나.

어쩐지 그럴 것 같더라니.

"대구가 다 니 엄마 집이가? 엄마 집 주소는 아나?"

"……."

"모르나?"

재훈은 바지춤에 꼬깃꼬깃 접어 둔 종이 한 장을 쓱 내밀었다. 며칠 전 성인의 문갑에서 발견한 것이다. 3년 전 조선에 온 성인은 귀히가 사는 곳도 알아두었었다. 아들을 형무소에서 빼내지 못하거나 손자를 일본으로 데려가지 못할 것을 대비해서다. 하지만 막상 재훈을 보고선 '우리 집 자손을 그년에게는 못 주겠다.' 같은 생각을 하게 되었고, 재훈에겐 귀히 이야기를 아예 꺼내지도 않았다. 어쨌든 아이의 엄마니 주소 정도는 알고 있어야겠다 싶어 남겨 둔 메모를 재훈이 찾아내 버린 것이다.

"알았다. 다른 건 몰라도 니 엄마한테 데꼬 가주께. 됐제?"

"진짜요?"

"청송 가려면 어차피 대구까지 가야 한다."

그제야 아이의 얼굴에 웃음기가 감돈다. 한껏 당돌한 척 구느라 저도 모르게 온몸에 힘을 주고 있었다는 걸 스스로는 모르는 듯했다.

*

패망 후 일본의 분위기는 흉흉했다. 물가는 치솟았고, 식량을 구하기는 힘들었다. 그러한 가운데 조선인에 대한 일본인의 혐오와 차별은 이전보다 극심해졌고, 단지 조선인이라는 이유로 공격받는 사람들도 많아졌다. 많은 이가 일본을 떠났지만, 그보다 많은 이가 여전히 일본에 남아 있었고, 이들은 집 안에서 몸을 사리는 것으로 고통스러운 시간을 견뎌내고 있었다. 이러한 때에 재훈이 어디론가 사라져 버렸다는 것을 알게 된 성인은 아이가 갈 만한 곳을 샅샅이 훑고 다녔다. 동네는 물론이고 아이가 다녔던 소학교와 그 인근 동네까지 이미 한 번씩 돌아봤던 곳도 다시 찾기를 반복했다.

우야노, 이를 우야노.

무서웠다. 아이가 조선인이라는 이유로 험한 일을 당하고 있는 것은 아닌지, 혹여 이미 죽어버린 것은 아닌지. 상상만으로도 속이 썩어 문드러지는 것만 같아 제 가슴을 팡팡 치며 짐승처럼 울부짖기까지 했다. 그렇게 열흘이 지날 즈음이었다. 집으로 엽서 한 장이 배달되었다.

할매, 내는 조선으로 간다.

2

"엄마 얼굴은 기억나나?"

부산으로 가는 배 위에서 청송댁이 묻는다.

"하모요. 우리 엄마, 억수로 예뻐요."

"니 엄마니께 예쁘겠지. 그런 것 말고, 눈코입이 우째 생겼는지, 기억나나?"

"그건……."

봄 햇살처럼 화사한 연아의 얼굴이 떠오른다.

이 사람이 네 엄마다.

근섭이 이렇게 말해도 믿지 않았다.

내가 니 진짜 엄마 아인 거, 알고 있었제?

연아가 이렇게 말했을 땐 눈앞의 여자가 진짜 엄마가 아니라는 사실에 마음이 저렸다.

진짜 엄마.

이번엔 바가지 머리에 눈이 작은 앳된 소녀가 떠오른다. 늘 저를

업거나 안았던 순덕이. 이름도 분명하게 기억하고 있다. 하지만 엄마
는 아니다.

보면 알 끼다. 우리 엄만데. 엄마도 내 억수로 반길 끼다.

시모노세키 항에서 출발한 배가 부산항에 도착할 때까지만 해도 자
신이 있었다. 그런데 부산역에서 탄 기차가 대구와 가까워지자 '니 엄
마 딴 남자캉 산다. 니를 와 찾겠노?'라고 했던 조모의 말이 자꾸만
귓가를 파고든다. 당연히 거짓말이라고 생각했다. 조모의 입에서 나
온 엄마 이야기는 전부 나쁜 말뿐이었기에 조모가 던져주는 엄마에
대한 정보를 믿을 수 없었다.

그런데, 진짜면?

엄지손가락의 손톱을 잘근잘근 깨물거나 한쪽 다리를 달달 떨면
서 차창 밖을 쳐다보는 재훈의 눈동자엔 뿌연 안개 같은 게 찼다. 그
런 모습을 청송댁은 가만 보고 있다.

복도까지 빈틈없이 꽉 찬 사람들이 내뿜는 열기에 열차 안의 공기
는 후덥지근하다. 삼삼오오 짝을 지은 사람들의 입에선 일본 패망,
조선 독립 같은 단어들이 곧잘 튀어나와 열차 안의 분위기를 후끈하
게 달구고 있다.

야는 앞으로 일본인 없는 조선에서 자랄 수 있겠네.

그녀는 그런 세상을 이제껏 경험해 본 적이 없다. 그녀가 태어난
해에 대한제국이 사라졌다. 이후론 일본이 없는 조선에서 단 하루도
산 적이 없다. 하지만 재훈이 앞으로 살아갈 시간은 다를 것이다. 조
선인으로 자랄 수 있는 미래. 그런 미래를 가진 아이의 말간 피부가,
검은 눈동자가 부럽다. 심지어 엄마를 만나기 전 불안에 떠는 저 마

음까지도.

*

"야야, 니는 잠시 여 있어라."

청송댁은 인력거에서 내리자마자 길가의 오래된 초가로 뛰어가려는 재훈을 붙잡았다.

"왜요?"

니 엄마가 딴 남자랑 살고 있을지도 모른다매? 그런데 니가 갑자기 툭 튀어나오면 얼매나 놀라겠노?

청송댁은 목구멍까지 차오른 이 말을 도로 쓱 집어넣는다.

"내가 니 엄마를 먼저 불러오꼬마."

재훈은 고개를 끄덕이곤 제 왼쪽 가슴을 꽉 누른다.

쫌! 날뛰지 마라.

심장은 재훈의 말을 따르지 않는다.

"보소, 아무도 없어예?"

곧 문이 열리고 단아하게 머리를 묶은 여자가 나온다.

어…….

엄마다.

기억 저 아래에 숨어 있던 그 얼굴이다. 반갑게 달려가려는데 곧바로 키가 크고 마른 남자가 나와서는 귀히 옆에 선다. 남자는 청송댁에게 집중하고 있는 귀히와 달리 주변부터 살핀다. 그러다 조금 떨어진 곳에 어정쩡하게 서 있는 재훈을 발견하곤 빤히 쳐다본다. 재훈도 남자의 눈을 피하지 않는다.

저거가……. 엄마 냄편이가.

자연스럽게 알아차린다. 허공에 얽혀 있는 시선을 먼저 푼 것은 남자다. 남자가 귀히 귓가에 대고 뭔가를 속삭이자 재훈 쪽으로 눈길을 돌린 귀히의 낯빛이 순식간에 창백해진다. 난처해하는 눈빛은 열마디 말보다 더 정확하게 재훈에게 가 닿는다. 이번엔 귀히가 남자에게 뭔가를 속삭이자 남자는 재훈을 다시 한번 쳐다보고는 집안으로 들어선다.

"그래서 여는 무슨 일로……."

귀히는 청송댁에게 묻는다.

무슨 일이라니? 내가 왔는데. 엄마 아들이 왔는데.

청송댁이 그간의 일을 간략하게 말하자 귀히는 '아, 네. 그런 일이.' 같은 말을 중얼거릴 뿐 재훈 쪽은 쳐다보지도 않는다.

"엄마. 내는……."

재훈이 끼어든다. 그러자 귀히는 조금 전부터 하고 싶었던 말을 참지 않고 해버린다.

"아지매가 우리 아들을 데려가면 안 되겠는교?"

청송댁은 놀란 기색을 감추지 못한 채 저보다 더 놀라서는 허옇게 질린 재훈 쪽으로 고개를 돌린다.

"니도 들었제? 우얄래? 내캉 갈래?"

2008년, 내 이름은 재훈이

1

"그럼 청송댁과 계속 사셨던 거예요? 청송에서?"

재훈의 이야기를 메모까지 하며 듣던 진주의 질문에 재훈은 고개를 젓는다.

청송에선 동네 아이들과 지게를 지고 산에 올라가 땔감을 가져오는 일을 매일같이 해야 했다. 청송댁이 그러기를 원해서다. 그렇게 반년이 지났을 즈음이다. 어린 나이에도 이건 아니지 싶어, 청송댁에겐 아버지의 먼 친척이 의령에 살고 있으니 그곳에 가겠다고 말했다. 청송댁은 딱히 아쉬워하는 기색도 없이 그러라고 했다. 말이 나온 그다음 날 재훈은 청송댁과 작별 인사를 하고 그 집을 나와버렸다.

청송에서 의령까진 철길이 연결되어 있지 않았기에 처음 며칠은 마냥 걷고 또 걸었다. 그러다 중간에 딱 한 번, 지나가는 트럭을 얻어 타기도 했지만 길을 나선 지 열흘 만에야 의령에 도착할 수 있었다.

그곳에서 재훈은 그간의 고생을 한 번에 씻을 수 있는 소식을 듣게 되었다. 조부인 상염도 일본 생활을 청산하고 마산에 와 살고 있다는 것이다.

재훈은 그다음 날 다시 마산으로 향했다. 이제껏 한 번도 본 적 없는 조부가 저를 받아들일지, 내칠지 알 수는 없었지만, 딱히 다른 선택권도 없었다.

은제는 머, 누가 내를 반겼나. 그냥 붙어 있었던 거지. 안 되면, 다른 데 가지, 머. 희망과 체념 사이 어디쯤엔가 오기도 끼어든다. 여러 날을 길 위에서 지낸 탓에 상거지 꼴을 한 아이의 눈에 독기가 서리기 시작한 것도 그즈음일 것이다.

"니 머꼬?"

어렵게 마산 조부 집을 찾고서도 바로 들어서질 못하고 기웃거리는데, 저보다 서너 살은 많아 보이는 소녀가 집으로 들어서려다 묻는다.

"심재훈."

"머라 카노? 내가 거렁뱅이 이름까지 알아야 카나? 꺼지라."

잔뜩 털을 세운 고양이처럼 경계하는 소녀는 조부의 어린 딸이었다. 재훈에겐 이모뻘이 되지만 그 사실을 알 리 없는 재훈은 소녀를 밀쳐버린다.

"니나 꺼지라! 내 거렁뱅이 아이고, 이 집 손자다."

"거렁뱅이가 어데서 거짓부렁이고. 내가 이 집 딸이다, 새끼야!"

소녀는 말이 끝나기 무섭게 재훈에게 달려들어 머리채를 붙잡고 늘어지면서 '아부지, 아부지!'를 목청껏 불러댄다. 평상시였다면 제 머리채를 붙잡은 소녀의 손을 당장 떼낼 수 있었을 테지만, 그러기엔 몸이 너무 허약해져 있다.

"거렁뱅이가 도둑질하러 왔다!"

재훈은 엉거주춤한 자세로 이리 휘둘리고, 저리 휘둘리면서도 방 안에서 나이 든 남자와 그의 딸로 보이는 여자 하나가 뛰쳐나오는 것을 본다.

할아버지다.

짙은 눈썹이나 높은 콧대가 아버지와 판박이다.

"내 재후니다."

알겠지. 얼굴을 본 적은 없어도 이름 정도는 알고 있겠지. 딴엔 그렇게 믿었다. 하지만 빠른 걸음으로 다가서는 남자의 눈은 험악하다. 딱, 도둑놈 새끼를 잡으려 작정한 눈.

"근섭이 아들 재후니!"

재훈은 조금 전보다 더 크게 소리친다. 그제야 남자도 멈칫 선다.

"머라꼬?"

"할배 손자 재후니. 근서비 아들 재후니. 심재훈! 내가 심재후니 라고!"

울컥한 마음에 눈물이 날 것 같다. 이름을 말하지 않으면 거렁뱅이 취급이나 받는 제 신세가 새삼 못 견디게 서럽기도 하다.

"근서비 아들이라고?"

제 딸을 우악스럽게 밀쳐내고선 재훈을 빤히 들여다보던 남자의 눈시울이 점차 붉어진다.

됐다.

다시 살 곳이 생겼다는 사실에 안도하던 순간, 재훈은 저를 못마땅하게 쳐다보는 조부의 큰딸과 눈이 마주친다. 얼른 고개를 돌린다고 돌린 곳엔 둘째 딸이 팔짱을 낀 채 저를 노려보고 있다.

안 쉽겠네.

앞으로의 일이 뻔히 보였다. 조부는 저를 반겨도 그의 후처와 그 딸들은 그렇지 않을 것이다. 재훈의 예측은 틀리지 않았다. 우리 귀한 장손이라는 말을 하루에도 열두 번 내뱉으며 저를 챙기는 조부의 눈이 미치지 못하는 곳에선 '굴러 들어온 구박데기'로 그 가족들의 괴롭힘을 견뎌내야만 했다. 그렇게 1년 반이 지난 즈음이다. 조모도 일본 생활을 청산하고 대구로 와 있다는 소식을 듣고는 그길로 조모 집을 찾았다.

"저놈, 집에서 쫓아내라!"

조모는 제집 마당으로 들어서는 재훈을 보고서는 부들부들 떨더니 고함부터 질러댔다. 그 소리에 놀란 임섭이 방에서 튀어나와서는 재훈을 보곤 멈칫 섰다.

"그동안 어데 있었노? 우리가 얼매나 니를 걱정했는지 아나?"

"어, 안다."

미안하다는 말은 나오지 않았다. 아직도 분이 풀리지 않아 씩씩거리는 조모가 그 한마디를 기다리고 있다는 것을 아는데도 그러고 싶지 않았다.

"니 나가라. 여가 어데라고 기어들어 오노. 임섭아. 저 자슥 쫓아내라. 머하노? 퍼뜩 쫓아내라!"

쩌렁쩌렁한 목소리에 재훈은 그대로 뒤돌아섰다. 그러자 임섭이

후다닥 쫓아와서는 재훈을 잡는다.

"야. 일케 가버리면 어쩌노. 니 진짜 이럴 끼가?"

"가라잖아."

"엄마가 성이 나서 안 그라나. 니 같으면 성 안 나겠나? 손자가 갑자기 없어졌는데. 것도 남의 나라에서."

"……."

"들어가자. 인 온나."

"……."

"진짜 안 올 끼가?"

"니 많이 컸다."

"병신. 삼촌이라고 해라."

재훈은 임섭에게 손을 잡힌 채 질질 끌려가듯 집 안으로 들어선다.

이렇게라도.

재훈은 생각했다.

할매는 할매니께.

*

할매캉 살까? 할배캉 살까?

조모를 다시 만난 이후로 재훈은 이 같은 고민을 해야 했다. 조부는 귀한 장손을 더는 다른 이에게 맡기지 않겠다고 했고, 조모는 심씨 집안을 실질적으로 건사하는 것은 저니 당연히 장손도 저가 맡아야 한다고 했다. 두 사람은 재훈을 통해 서로의 뜻을 전하는 것으로 팽팽한 기 싸움을 펼쳤는데, 어쨌든 그들의 메시지는 한결같았다.

니는 내캉 살아야 한다.

조부와 살자니 조부의 가족이 걸렸고, 조모와 살자니 조모의 성질이 걸렸다. 이리 가나 저리 가나 고생스럽기는 마찬가지라는 생각을 하던 차 며칠 전 조부와의 대화가 생각났다.

- 니 나중에 머가 되고 싶노?

조부가 물었다.

- 아즉 생각 안 했어예.

- 그래? 그럼 니 판검사 돼라. 우리 집안 장손이 그 정도는 돼야 안 쓰겄나.

어이가 없었다.

'핵교나 보내주고 이런 말을 하든가.'

재훈은 몇 번이나 학교에 가고 싶다는 뜻을 밝혔다. 그럴 때마다 돌아온 답변은 '니는 핵교 안 가도 똑똑타. 만다고 그런 데 헛돈 쓰노.' 였다.

할매한테 가 사는 게 낫겠다.

조모는 저에게 별다른 애정을 보이지는 않지만 적어도 학교엔 보내준 이력이 있었다.

일본에 살 적에도 핵교는 보내주었으니, 여서도 안 그러겠나.

더 따질 것도 없이 조모였다. 날이 밝는 대로 대구 조모 집에 가야겠다는 생각을 하다 까무룩 잠들었는데, 누군가 제 이름을 입에 올리는 소리가 들리는 것 같아 눈을 떴다.

재훈이는…….

재훈이가…….

하나는 조부의 목소리였지만 다른 하나는 누군지 알 수가 없었다. 잠에 취한 눈을 억지로 뜨곤 방문을 열었다. 그러자 조부와 그의 맞은편에 앉아 있던 남자가 동시에 재훈을 쳐다봤다.

아!

재훈은 한눈에 남자를 알아보았다.

아버지.

1947년, 늦가을의 찬 바람에 발이 시린 아침, 재훈은 다시 아버지를 만났다.

*

"청송에서 한 반년 살다가 마산으로 갔습니다. 그곳에서 아버지를 만났고, 그 후엔 아버지와 부산으로 가 살았습니다."

재훈은 청송에서 계속 살았냐는 진주의 질문에 그저 이렇게 대답한다. 진료실 밖 자원봉사자들의 움직임이 분주해진 것을 보고선 두 사람과의 대화도 이쯤에서 끝내야겠다 싶어서다.

"다행이네요. 진짜 다행이네요."

진주는 마치 지금 일어난 일이기라도 한 듯 안도의 한숨까지 내쉰다. 그 모습이 귀여웠던지 율리아나 수녀가 쿡 웃는다.

다행…….

재훈도 처음 며칠은 그렇게 생각했었다.

다행이다.

"선생님. 그럼 내일 또 봬요."

진주와 율리아나 수녀가 나가자 재훈도 가방을 챙겨 1층으로 내려간다. 문 앞에는 낮보다 더 많은 사람이 길게 줄을 서 있다. 낯이 익은 몇몇과 가벼운 인사를 주고받고는 큰길 도로 쪽으로 걸어간다. 쪽방촌을 벗어나자마자 불빛을 휘두른 높은 건물들이 일렬로 서 있는 것이 보인다. 불과 몇 초 거리의 차이로 눈앞에 보이는 풍경은 확연히 달라져 있다. 상반된 것들이 서로 죽고 못 사는 연인처럼 붙어 있는 건 그리 특별할 일도 아니다.

아버지와의 시간도 그랬다.

다행이었는데, 불행이었다.

만약 열세 살 소년이 이러한 사실을 미리 알았더라도 아버지를 따라 부산까지 갔을까.

어른이 된 후 딱 한 번 재훈은 제게 이런 질문을 던진 적이 있다.

갔겠지.

아버지는 아버지니까.

2

"어이! 심재후니!"

교문을 나서자마자 걸쭉한 목소리가 들린다. 그것을 신호로 덩치 큰 소년 둘이 다짜고짜 재훈의 어깨와 팔을 잡고는 학교 옆 좁은 골목길 안으로 끌고 간다. 그곳엔 늘 신경질적인 표정을 짓고 있는 동호가 키는 작아도 몸매가 단단한 소년과 서 있다.

머꼬? 왜 카노?

재훈은 도무지 영문을 알 수 없다. 이들은 모두 같은 반 학우로 얼굴만 알고 있을 뿐이다. 딱히 대화를 나눈 적도 없다. 몇 달 전 양산에서 전학 온 동호가 몇몇 아이들과 패거리를 이루고 있다는 것만 알 뿐이다.

"니 친일파라매?"

"머?"

"니 몇 년 동안 쪽발이들과 살았다매? 일본에서 핵교도 댕기고."

"그게, 머?"

"이 시키. 친일파면 짜그러져 있어야제. 니가 믄데 반장까지 하노. 내가 다른 건 몰라도 친일파가 날뛰는 꼬라지는 못 본다. 이 시키, 눈까리 머꼬? 안 까나? 눈 깔아라. 확 눈까리 먹물을 쪽쪽 빨아물뻘라!"

동호는 손가락 가위로 눈을 찌르는 시늉을 한다. 그와 동시에 재훈의 몸이 기우뚱 옆으로 넘어져버린다. 덩치 큰 놈이 재훈의 옆구리를 공 차듯 차버린 것이다.

씨발.

재빨리 땅을 짚고 일어서려는 재훈을 이번엔 키 작은 소년이 힘껏 앞으로 떠밀어버린다.

사 대 일이다. 어쩔 거냐? 쪽수로도 이미 넌 끝났어.

바닥에 엎어진 채 올려다본 동호의 눈은 이렇게 말하는 듯하다.

확실히 쪽수에서 밀린다. 몇 대 맞고 끝내는 것이 나으려나. 맞는 것이라면 이골이 나 있다. 지난 2년 근섭과 살면서 다른 건 몰라도 맷집 하나는 튼튼해졌다. 게다가 이들은 근섭처럼 몽둥이를 들고 있지도 않다.

그래, 맞자, 까짓것 몇 대 맞고, 끝내자.

부글부글 끓는 속을 애써 누르며 팔꿈치로 머리부터 가리는데, 동호가 호주머니에서 긴 물체를 꺼내더니 달칵 펼치는 것이 보인다.

씨발! 칼은 아니지.

재훈은 벌떡 일어나 바로 옆에 서 있는 소년의 얼굴을 팔꿈치로 가격하고선 그대로 골목 밖을 향해 뛴다. 키 작은 소년이 날렵하게 따라붙어 재훈을 붙잡으려는 순간이다. 갑자기 날아든 돌에 맞고는 악 소리를 내며 주저앉아 버린다. 뒤이어 누군가 재훈의 손을 덥석 잡고는 제 쪽으로 세차게 끌어당긴다.

"어, 임섭……."

"삼촌이라고 해라. 시키야."

재훈과 임섭은 재빨리 골목 밖 큰길로 달려나간다. 우르르 쫓아오던 소년들이 오가는 사람들이 많은 것을 보곤 멈칫 선다.

"됐다. 살았다."

임섭이 한숨을 돌리는 사이 재훈은 제 손을 꽉 잡은 임섭의 손을 낯선 눈으로 쳐다본다. 일 초, 혹은 이 초가 지났을까. 퍽 하는 소리가 들리나 싶더니 임섭이 신음을 뱉어낸다. 뒤에서 날아온 돌이 임섭의 오른쪽 어깨를 치고 떨어진 것이다. 임섭을 부축하는 한편 뒤를 돌아본 재훈은 골목 입구에 동호가 서 있는 것을 본다.

"친.일.파. 너, 디. 졌. 어."

음절 하나하나에 힘을 주며 말하는 눈빛은 허공에 엑스 자를 그리고 있는 칼날보다 더 날카롭다.

*

씨발. 여서 디지겠네.

재훈은 두 팔로 머리를 감싼 채 몸을 잔뜩 숙인다. 근섭의 매질을 피했다간 그 배로 돌아온다는 것을 알기에 피할 엄두도 내지 못한다. 가죽 허리띠가 제 등과 팔뚝을 뱀처럼 휘감겨 들 때마다 날카로운 통증에 신음을 뱉어내고 만다. 하지만 재훈의 신음은 성인의 고함에 묻혀 들리지도 않는다.

"매가 약이다. 더 패라. 어데서 쌈박질이고. 어? 지 삼촌까지 다치게 하고. 아고야, 시어마씨야. 내 이럴 줄 알았다. 내 아들 잡아먹을 줄 알았다. 패라, 더 패라. 이번 참에 저놈의 성질머리를 확 죽이삐라."

임섭은 저보다 훨씬 나이가 많은 제 형을 말리지는 못하고, 제 엄마에게 '아이라고. 몇 번이나 말하노.'라고 발만 동동 구르고 있다. 그나마 해주가 '임자, 그만 좀 해요.'라고 말렸지만 이미 눈이 돌아간 근섭의 귀엔 들리지도 않는다.

그동안 고생 많았제. 인자부터 고생 끝이다. 니 하고 싶은 거 다 해주꾸마. 니 아부지 돈 억수로 잘 번다.

2년 전, 부산 집으로 오는 자동차 안에서 근섭은 재훈에게 이렇게 말했었다. 사업으로 성공해 꽤 많은 돈을 벌고 있다는 것도 그날 알게 된 사실이다. 그 사업이라는 게 외국 선박에 싱싱한 생선을 대주고 그 대가로 받은 연유나 설탕을 시장에 내다 파는 일이라는 건 나중에 알게 되었지만, 어찌 되었든 '네가 하고 싶은 것은 다 해줄 것이다.'라는 말에 눈시울을 붉혔었다.

내가 하고 싶은 거.

교복을 입고 학교에 가는 거 외에 또 무엇을 하면 좋을까.

장돌뱅이처럼 이곳저곳을 떠돌아다니지 않는 거.

눈치 보지 않고 배불리 먹는 거.

어린 삼촌처럼 저를 사랑해 주는 엄마와 사는 거.

'엄마'라는 단어에 자연스럽게 두 여자의 얼굴이 떠올랐다.

하나는 진짜 엄마인 귀히였고, 다른 하나는 가짜 엄마인 연아였다.

맞다! 연아 엄마.

아버지 집에 가면 연아 엄마가 있을까?

근섭이 형무소로 가면서 세 가족은 뿔뿔이 흩어져버렸다. 셋 중 둘은 부산으로 가는 자동차 안에 있으니 나머지 하나는 부산 집에서 기다리고 있을지도 모른다.

보고 싶기도 했고, 아니기도 했다.

반가울 것 같기도 했고, 원망할 것 같기도 했다.

그러지 않으려 노력하더라도 원망을 숨긴 눈빛으로 바라볼 자신은 없었다.

하지만 이러한 걱정은 부질없었다.

부산 집에는 연아 대신 아버지의 새 동거녀인 해주가 있었다. 평양기생 출신인 해주는 굳이 꾸미지 않아도 화려한 느낌이 드는 사람이었는데, 제 동거남이 아들과 함께 마당으로 들어서는 것을 보고는 '네가 재훈이니? 난 네 아버지랑 함께 사는 사람이야.'라고 담담하게 인사를 건넸었다.

이후로 반년 동안은 근섭의 말마따나 '고생 끝'이었다. 제 방이 생겼고, 돈 걱정 없이 지내며 중학교에도 다닐 수 있었다. 근섭은 제 사업만으로도 바빠 딱히 재훈에게 간섭하지 않았고, 해주는 적당한 거리를 유지해 편하게 지낼 수 있었다. 하지만 성인이 임섭을 데리고 부산 집으로 들어와 살게 된 후부터 집안의 기류는 묘하게 바뀌었다.

'화냥년의 새끼. 우째 지 어미를 꼭 닮았노. 저런 새끼는 맞아야 정신 차린다.'

미운 놈이 하는 짓은 뭘 해도 밉다고, 성인은 하나부터 열까지 재훈의 행동에 꼬투리를 잡았다. 어떨 땐 저를 대하는 눈빛과 말투가 불순하다고 화를 냈고, 어떨 땐 임섭을 제 친구 대하듯 대한다고 잔소리를 늘어놓았고, 어떨 땐 배 속에 거지가 있냐며 먹는 것 가지고 구박을 하기도 했다. 그걸로도 성이 차지 않아 근섭이 일을 마치고 들어서면 쪼르르 달려가 이런저런 일이 있었으니 아비인 네가 저 새끼를 혼내라 부추겼다.

근섭은 처음엔 적당히 혼내는 시늉만 했었다. 하지만 말에는 힘이 있었다. 화냥년의 새끼라는 말을 자꾸 듣다 보니 재훈이 아닌 귀히가 보였고, 제 새끼인데도 그냥 귀히의 새끼 같기만 했다.

고생 끝이라매!

재훈은 목까지 차오른 말을 삼킨다.

지옥문 열어놓고, 와 천국인 척하노!

3

요셉의원으로 들어선 재훈은 평소와 달리 뭔가 부산하면서도 긴장이 감도는 분위기를 감지한다. 경찰관 둘이 사무장에게 무언가를 묻고 있는데 그들을 쳐다보는 요셉의원 사람들의 표정이 어둡다.

"무슨 일이 있었습니까?"

진주가 인사를 건네자 재훈이 묻는다.

"그, 왜······. 알코올 중독에다 위장병을 앓고 있는, 지씨 아저씨 아시죠? 그분이 오늘 새벽에 목을 매셨대요."

아, 그랬구나.

바로 어제 보았던 그의 모습이 떠오른다. 그가 사는 쪽방 바로 앞 길가에 퍼질러 앉은 채 무거운 추를 단 것 같은 머리를 억지로 들고자 애를 쓰던 그 모습. 그의 이름은 지경우다. 자신이 진료했기에 알고 있다. 알코올 중독에 위장병을 앓고 있고, 신장이 좋지 않다는 것도 진료 기록을 보고 알게 된 사실이다.

"너무 안됐어요."

속상해하는 진주의 어깨를 토닥인다.

'너무 안됐다'는 말 한마디로 표현할 수 있는 건 그의 죽음에 한해서다. 스스로 죽음을 선택하기 직전까지 그가 느꼈을 삶의 무게를 감히 어떤 언어로 표현할 수 있을까.

2층 진료실로 올라가는 걸음이 무겁다. 칠순을 넘긴 나이에도 타인의 죽음을 목격하는 건 쉽지 않다. 차라리 제 죽음이라면 신의 뜻이라 겸허하게 받아들이면 될 일이다. 하지만 타인의 죽음은 그의 삶이나 그가 가졌을 고통까지 떠올리게 한다.

이 또한 살아 있기에 느끼는 것이리라.

소년 시절 재훈도 딱 한 번 죽음을 마음에 품은 적이 있었다. 아버지의 폭력, 할머니의 폭언을 피할 수 있는 유일한 방법이라 생각해서다. 하지만 그 이면엔 더 지독한 복수심도 깔려 있었다.

내가 죽으면 아버지나 할머니가 미처서 팔딱 뛰겠지.

그 모습을 보고 싶었다. 죽는다는 건 그가 속해 있는 세상이 통째로 사라져버린다는 것까지는 미처 생각하지 못하고, 죽음을 제 마음을 표현할 수 있는 하나의 방법쯤으로 여긴 것이다. 그렇다는 건, 훗날 나이가 더 든 후에야 깨달았지만, 당시 재훈은 죽음을 칼처럼 들고 다니며 언제든 저를 벨 준비를 하고 있었다.

맹세코 다른 이에게 휘두를 칼은 아니었지만······.

칼을 쥔 순간 칼날은 저뿐 아니라 다른 이에게도 향할 수 있다는 걸 수학여행길 배 위에서야 알게 되었다.

*

1950년, 봄. 재훈은 반 아이들 모두 배에 올라타는 것을 지켜보다 마지막에 저도 배에 올라탔다. 당시 부산에선 중학교 3학년 수학여행은 큰 배를 빌려 한산섬, 통영, 충무를 둘러보는 것이 유행이었다. 재훈이 다니는 경남중학교도 그러기로 했기에 부산항에 집결한 학생들은 학교에서 빌린 큰 배에 올라탄 것이다.

"저희 반 학우들은 다 탔어예."

재훈은 전체 인솔자인 체육 교사에게 보고했다. 수학여행을 앞두고 몸살 난 담임을 대신해 반장인 재훈이 대신 급우들의 출석을 관리하고 있었다.

"수고했다. 사고 치는 아들 없게 단도리 잘하고."

"예."

재훈은 선실의 2반 구역에 모여 있는 급우들의 수를 속으로 세어 보곤 갑판 아래로 향한다. 동호와 그 패거리가 보이지 않아서다. 십여 분 전에 배에 올라탄 것을 저가 체크까지 했으니 배 안 어디에든 있다는 것을 알고는 있다. 하지만 출항하기 전에 다시 한번 더 확인하려는 것이다. 계단을 중간까지 내려갔을 즈음이다. 동호의 목소리가 들린다.

"여가 쥐 잡는 독이다. 그 시키, 이번엔 무조건 잡아 족친다."

재훈은 멈칫 서서는 기척을 죽이곤 선미에 모여 있는 동호 패거리들을 살핀다.

됐네. 다 있네.

동호가 말하는 '그 시키'가 저를 지칭한다는 것을 모르진 않았다. 학교 안에선 교사들 눈치를 보느라 대놓고 폭력을 행사하지는 않았지만 수시로 그의 자리에 와서는 '친일파'라는 욕설을 뱉어냈다.

씨발. 일본에서 핵교 쫌 다녔다고 친일파면, 친일파 아닌 사람이 어딨노.

마음 같아선 패거리들 모두의 혀를 뽑아내고 싶었다. 공부에 대한 마음이 크지 않았다면 죽기 살기로 달려들었을 것이다.

다시 1층 갑판으로 올라간 재훈은 배가 천천히 항구를 떠나는 모습을 가만 지켜보다 선실로 들어섰다. 삼삼오오 무리를 지어 떠들거

나 간단한 게임을 하거나 장난치는 급우들로 선실은 시장통보다도
더 시끄러웠다. 재훈은 구석 벽에 가 앉았다. 그러자 그의 짝꿍인 윤
석이 바로 옆에 슬며시 앉더니 히죽 웃는다.

"야, 심재훈. 내 좋은 거 하나 보여줄까?"

"믄데?"

윤석은 주변을 살피곤 호주머니에서 단도 하나를 꺼낸다.

"머꼬. 이런 걸 와 가져왔노?"

"간지난다 아이가."

"지랄. 샘들한테 걸리면……."

"안 걸린다. 와 걸리노. 걸리면 니가 꼰지른 걸로 생각할 끼다."

"알았다. 들키지 않게 단단히 간수……."

재훈은 선실 안으로 들어선 두 소년에서 눈길을 떼지 않은 채 말
한다. 동호의 무리다. 동백기름을 잔뜩 바른 소년이 손가락을 까닥거
려 나오라는 신호를 보내더니 곧 밖으로 나가버린다.

"내 좀 빌리도."

"머를."

"그거."

"와?"

"안 되나."

"된다."

재훈이 단도를 뒷주머니에 넣고는 일어서자 윤석도 따라 일어선다.

"같이 가자."

"쌈박질하러 가는 거 아이다. 내가 반장인데 문제 만들겠나. 니가

끼면 일이 더 복잡해진다."

"그러면 칼은 와?"

"간지다. 쪽수에서 밀리면 간지라도 나야 안 대겠나."

선실 밖으로 나가자마자 기다렸다는 듯 소년 둘이 재훈의 양쪽 팔을 잡는다.

"동호가 니캉 이바구를 나누고 싶다 칸다."

동백기름 소년이 말했다.

"올케 나눌 이바구가 있기는 하고."

"이 시키. 계속 정신 놓고 다니네. 이러니 교육이 필요한 기라."

"팔은 놓아도. 여서 어데 가겠노. 그래 봤자 배 안인데."

"도망치면 죽는다."

소년들이 재훈을 데려간 곳은 갑판 아래 선미의 후미진 공간이다. 그곳엔 동호와 동호의 오른팔인 키 작은 소년이 재훈을 기다리고 있다. 저희 패거리가 재훈을 끌다시피 데리고 오자 동호는 히죽웃는다.

"여러 번 나눠 맞을 것을 날 잡아 맞으면 더 낫나. 와 자꾸 피해다녔노."

"여서 문제 만들지 말자. 수학여행 중이다."

"그게 머. 이 시키, 담임 대신이라고 지가 머라도 대는 줄 아나보네. 친일파 시키가."

"……."

뭐가 우스운지 계속 피식거리며 다가서는 동호의 손엔 접는 칼이들려 있다. 재훈은 슬쩍 한 걸음 물러서며 열중쉬어 자세를 취한다.

"이 시키, 쫀 거 봐라."

동백기름 소년이 재훈의 이마를 톡톡 건드리며 비웃자 다른 소년들이 낄낄거린다. 그 사이에 재훈 바로 앞까지 선 동호가 펼친 칼날로 찌르는 시늉을 하자 낄낄거리는 웃음이 더 커진다. 그에 더 신이 난 동호가 다시 한번 찌르는 시늉을 하려다 말고 괴성을 지르고 만다. 순간 그곳에 있는 소년들은 결국 동호가 재훈에게 칼을 썼다고 여긴다. 하지만 곧 칼에 찔린 것이 동호임을 깨닫곤 놀란 눈으로 재훈을 본다.

"다음은 누고?"

칼끝을 소년들에게 겨루는 재훈의 눈빛은 고요하다. 마치 하얀 막을 친 것 같은 눈동자에선 어떤 감정도 읽히지 않는다. 분노 때문이거나 두려움 때문이거나. 동호의 팔을 찌른 이유를 직관적으로 알아차릴 수 있었더라면, 소년들도 그처럼 경악하진 않았을 것이다. 동백기름 소년이 허옇게 질린 얼굴로 뒷걸음을 치나 싶더니 곧 뒤돌아서서 계단 쪽으로 뛰어간다. 그러자 다른 소년들도 그 뒤를 쫓아 달려가버린다.

"야, 야. 이 살인자 시끼……."

동호는 칼에 찔린 부분을 다른 한쪽 손으로 누르며 씩씩거렸다.

"그래, 내 살인자 새끼다. 친일파 아이고. 그러니까 그 주둥아리 단단히 챙겨라. 진짜 돼지고 싶지 않으면."

도망친 아이들이 누군가를 불러대는 소리, 뒤이어 여러 명이 이쪽을 향해 달려오는 발소리 등을 들으며 재훈은 핏물이 뚝뚝 떨어지는 단도를 제 옷으로 쓱 닦는다.

1950년, 피난 말고 가출

1

귀히는 재훈을 보자마자 허둥지둥 삼 남매를 방 안으로 들여보낸 후 밖에서 문을 잠근다.

그 모습을 무심히 쳐다보던 재훈은 집 안쪽으로 들어서려던 발걸음을 멈춘다. 이로써 세 번째. 청송댁과 찾아온 후, 작년에 딱 한 번 홀로 찾아온 적이 있다. 아버지와 못 살겠으니 함께 살자는 말을 하기 위해서였다. 하지만 그때도 귀히는 저를 야멸차게 내쫓았다.

"여 온 거, 니 아부지는 아나?"

"아부지 어제 서울 갔다. 있었어도 여 왔겠지만⋯⋯.

"니 아부진 모른다는 말이네. 니, 지금 시상이 얼마나 흉흉하게 돌아가는지 아나? 북한군이 쳐들어올 거라는 소문이 돌고 있는데⋯⋯."

"⋯⋯."

"아나, 모르나?"

"그게 뭐! 은제는 안 흉흉했나?"

"……."

"내 말이 틀렸나? 엄마도 계속 흉흉하게 살고 있다 아이가. 내 모를 줄 알았나. 엄마 남편 개자식인 거."

"방에 아들 있다. 조심해서 말 몬 하나."

"쟈들도 알고 있겠지. 지들 아비가 돈도 안 벌고, 술만 마시는데 모르겠나. 엄마는 그런 새끼캉 와 사는데? 고마 내캉 가자. 내가 막노동을 하든 지게를 지든 엄마 하나는 먹여 살릴 수 있다."

"미쳤나."

"어, 미쳤다. 내가 미쳐서 칼부림까지 했다. 내가 내를 죽일 수 없어서 다른 아를 죽이려 들었다. 내가 너무 대다. 너무 대서 몬 살겠다. 엄마. 엄마. 내는 진짜 잘 살고 싶은데, 그러는 게 억수로 힘들다. 이대로 있다간 그냥 죽을 것 같다. 살리도. 엄마. 내캉 살자. 그러면 내가 좀 살 수 있을 것 같다. 어? 엄마. 내캉 가자. 내캉 살자."

처음이었다. 지금보다 훨씬 어렸을 때조차 이렇게 절실하게 애원한 적이 없었다. 애원했는데도 거절당하게 될까봐 무서워서였다. 하지만 지금 재훈은 자신이 더 무섭다. 무언가가 속에 꽉 들어차서는 제 마음과 영혼을 죽이려 들고 있다. 웬만한 일에도 상처받지 않으려 애썼던 껍질이 부스스 떨어지고 있다.

제발. 엄마.

"칼부림? 그게 무신 소리고? 니 누구 주겠나?"

"내가! 진짜 누구 하나 주기야 성이 차겠나."

"딴말 말고. 주겠나?"

"내가 진짜 그러겠냐고!"

"아이란 말이제? 아이제? 그래, 그럼 됐다. 난 또 니가 진짜로 누굴 주겠나……. 심장이 철렁 내려앉았네. 니 땀시 내가 몬 살겠다. 니 아부지 집에 가라."

"내는 아부지 말고 엄마캉 살고 싶다고. 몬 알아듣나? 내 말이 안 들리나?"

"……. 내는 아이다. 내는 니 필요 없다. 가라, 퍼뜩. 곧 아들 아부지 올 끼다."

"그래서 머, 그 개자식……."

"니! 필요 없다 안 하나!"

더는 볼 것도 들을 것도 없다는 듯 귀히는 휙 돌아서서는 문 안쪽으로 걸어가버린다.

"엄마."

"……."

"엄마!"

"……."

"됐다. 내도 됐다. 내도 엄마 필요 없다."

"……."

"내가 미쳤지. 여까지 찾아온 내 두 발을 작두로 잘라버리고 싶다. 다시는 내 얼굴 볼 생각 마라!"

후다닥 달려가는 재훈의 발소리가 더는 들리지 않자 귀히는 그대로 주저앉아버리고 만다.

"머꼬, 이게 머꼬. 고작 이렇게 살자고……. 고작 이렇게……. "

2

"누님, 여기!"

귀택은 다방 문을 열고 들어서는 귀히를 발견하곤 일어선다.

"아는, 후니는? 부산 지 아부지 집에 있더나?"

1950년 6월 25일, 결국 전쟁이 터지고 말았다. 북한군은 계속 아래로 밀고 내려와 전주까지 함락했다. 남한 정부는 7월 18일에 대구에 임시 수도를 세웠고, 피난민들이 대구뿐 아니라 경상남도 일대로 몰려들었다. 상황이 이렇다 보니 한 달 전 저를 찾아왔던 재훈을 걱정하지 않을 수가 없었다. 동생인 귀택에게 부산에 가 재훈의 소식을 살펴봐 달라 부탁했는데, 오늘에야 그 소식을 듣게 된 것이다.

"아는 그때 나가서 여즉 안 돌아왔다네. 아 아비는 전쟁 터지기 며칠 전에 서울에 갔다가 여즉 소식이 없고. 사장이 없으니 사업도 망하고. 눈치를 보니, 같이 살던 여자도 집을 나가버린 것 같고. 아무튼 그 집도 사정이 좋지는 않다."

"그 집 사정이야 내 알 바 아이고. 우리 후니 진짜 거 안 갔다나? 혹시 시어마씨가 니헌테 거짓말한 거 아이가? 아 데려갈까 봐."

"만다고. 그런 거짓말을 하겠노. 재후니가 알라도 아인데. 할마씨 꼴을 보니 내가 재후니라도 나가겠더라. 내가 가 외삼촌인 거 뻔히 알면서도 아 욕을 어찌나 해대던지……. 머, 더 말해 머하겠노. 그건 그렇고 아가 칼부림까지 했던데. 알았나?"

"지가 아무 이유 없이 그랬겠나."

"이유가 있는지 없는지는 모르겠고, 그 때문에 한바탕 난리가 나긴 했나 보더라."

"할매가 말해주더나?"

"어데. 임섭이라고, 할매 자식 하나 더 있던데. 심근섭캉 배다른 자식이가?"

"어데. 친형제 맞다. 그 집 할배캉 20년 만에 만나서는 하룻밤 보냈는데, 그때 생긴 아라 카더라."

"난 또, 배다른 자식인 줄 알았네. 아무튼 가가 이런저런 이야기 해주더라."

귀택이 자신이 귀히의 동생임을 밝히자 성인은 대뜸 욕부터 하며 귀택을 집 안으로 들이지도 않았다. 그렇다고 아무 성과도 없이 돌아설 수는 없어 집 앞에서 서성거리고 있는데, 임섭이 나와서는 재훈의 칼부림 사건 이야기를 들려주었다.

칼에 찔린 아이의 상처는 그날 그 자리에서 사건을 목격했던 아이들의 생각만큼 심하진 않았다. 그렇다고 칼부림 사건의 심각성이 작아진 것은 아니었다. 이 일로 학교는 발칵 뒤집혔다. 수학여행 책임자였던 체육 교사는 재훈을 죽도록 팼고, 피해 학생의 형님과 친구 관계였던 물리 교사는 재훈의 퇴학을 강력하게 주장했다. 한편, 학교 측에선 이 일이 외부로 새어 나가 학교의 명예를 실추시킬까 우려하며 자체적으로 조사에 들어갔다. 조사 결과 피해 학생들이 오랜 시간 재훈을 괴롭혔다는 것과 재훈이 그동안 모범생으로 별다른 말썽을 부린 적이 없었다는 사실을 참작해 재훈에겐 일주일 근신을 내리는 것으로 결말을 냈다. 여기엔 근섭의 노력도 한몫했다. 피해 학생의 치료비를 물어주고, 그 부모에게 몇 번이나 머리를 조아리며 사과하는 등 제가 할 수 있는 일은 다한 것이다.

- 재후니는 '내가 벌인 일이니 내가 책임지겠다.'고 했지만, 지가 주제에 무슨 책임을 질 수 있었겠습니까. 아무튼 일은 그쯤에서 마무리되었는데……. 형님이 서울에 꽤 좋은 연줄이 있다고 올라간 그 다음 날에 바로 가출한 기라예. 가가 대구에 있을 거라 생각했는데……. 거도 없으면 어데 갔을까예?

임섭이 물었다.

- 그러게. 전쟁 때문에 누이가 걱정이 많은데……. 여도 없으니 어데서 찾아야 할지 몰겠네. 대구든 부산이든 요 두 지역에만 있으면 좋겠는데…….

- 부탁이 있습니다. 재훈이와 연락이 닿거나 재훈이가 그쪽에 가면, 지헌테도 알려주십시오.

- 학생이 내보다 낫네. 내는 삼촌씩이나 되어선 남보다도 못하게 살았는데.

- 지도 재훈이랑 썩 좋진 않았심더. 지금보다 더 어릴 땐 매일 쌈박질했어예.

- 나이 비슷한 사내새끼 둘이 한집에 살면서 사이좋은 게 더 이상하지. 그렇게 쌈박질하면서 정도 들고 하는 거지.

- 좋게 생각하면……. 그렇지예.

- 하하. 나쁘게 생각할 건 또 머꼬.

둘의 대화는 그쯤에서 끝났다. 귀택은 그길로 대구로 와 귀히와 미리 약속해 둔 다방으로 온 것이다.

"그래서, 우쩔래?"

귀택이 묻는다.

"지 애비라도 있으면 아를 찾았을 낀데. 내가, 나라도……."

귀히의 얼굴이 괴로움에 일그러진다. 한 달 전 재훈이 '살리도'라고 애원했던 목소리가 귓가에서 떠나질 않는다.

오죽 힘들었으면, 오죽 힘에 부쳤으면…….

"누나."

"……."

"누나!"

"어, 어!"

"재후니가 어렸을 때부터 혼자 온 데 다 돌아다녔다는 거 누나도 알고 있제? 지금은 아도 아이고, 열여섯이다. 지 앞가림 지가 하며 살 끼다. 그러니까 너무 걱정 마라."

"……. 걱정이 우째 안 되노. 내가 지 어민데."

"누나가 낳았어도, 재훈이는 저쪽 가족이다. 누나 가족 아이고. 걱정한다고 변하는 것도 없고. 매형도 안 좋아할 거고. 삼 남매한테도 딱히 좋은 영향도 못 줄 거고. 마 이제까지 그랬던 것처럼 잊고 살아라."

"……. 내는……. "

귀택은 뭔가 말을 꺼내려다 마는 귀히가 답답하다.

'이런 사람이 아니었는데.'

저가 좋아하고, 저를 좋아하는 남자와 결혼하겠다고 당당히 선언

할 때만 해도 누이는 빛났었다. 그땐 귀택도 귀히의 선택을 반겼다. 집안 어른들이 뭐라 하든 간에 누이의 행복이 우선이라고 생각해서다. 그런데 누이의 선택은 누이의 행복으로 이어지지 않았다. 두 번째 남편은 대학 공부까지 할 정도로 머리가 좋은 사람이었지만 돈을 버는 능력이라곤 일도 없었기에 그와의 사이에서 난 삼 남매를 먹여 살리는 일은 온전히 귀히의 책임이 되어버렸다.

괜히 목이 마르다.

'영리하고 당찬 누이는 어디로 갔노. 하기사. 지금 와서 머가 대수겠노. 전쟁으로 다 죽게 생겼는데.'

3

근섭은 삼팔선에서 대치 중인 남한군과 북한군의 무력 충돌이 잦다는 소문을 얼핏 들은 적이 있었다. 하지만 제 일이 아닌 세상사에 딱히 관심이 없었기에 그러려니 했다.

설마 전쟁이 일어나려고.

광복된 지 얼마나 되었다고.

1950년 6월 22일 밤, 서울에 도착한 근섭은 그길로 신당동의 국일관부터 찾았다. 그곳엔 그곳의 주인이자 기생인 채원이 있어서다. 채원은 근섭이 십여 년 전부터 알고 지내온 여자지만 살림을 차리고 함께 산 적은 없었다.

그냥 연애만 해요.

한 남자의 여자로 사는 건 답답해서 싫다는 것이다. 국일관에 있으면 사람들이 저를 찾아와 심심할 겨를이 없는데, 여염집 안방에 있으면 심심해서 죽을지도 모른다고도 했다.

그래, 그러자.

그녀 뜻대로 간간이 만나 연인인 듯, 벗인 듯 인연을 이어가는 것도 나쁘진 않았다. 하지만 이번 서울행은 단지 그녀를 만나기 위해 감행한 건 아니었다. 사업이 잘되자 지역 어깨들이 수시로 찾아와 돈을 요구하며 깽판을 쳐댔다. 경찰에 신고해도 다들 한패라 별 소용이 없었기에, 결국 울며 겨자 먹기로 꽤 많은 돈을 그들에게 갖다 바쳐야 했다. 자연스럽게 제 사업을 봐주는 뒷배가 있으면 좋겠다는 생각이 들었다. 그때, 지인이 꽤 높은 지위를 가진 인물 모씨를 소개해주겠다고 해서 모씨에게 선물할 도미 한 상자까지 싣고 서울까지 온 것이다. 그런데 서울에 올라오기만 하면 자리를 마련하겠다 장담했던 지인이 약속을 자꾸만 미룬 탓에 원래대로라면 24일 내려가야 하는 부산엔 가지 못하고 국일관에서 시간을 보내고 있었다.

내일도 약속이 틀어지면 마 내려가야겠다.

근섭은 더는 기다리지 않기로 했다. 제가 자리를 비우는 시간이 길어질수록 사업에도 차질이 생길 수밖에 없어서다. 그렇게 마음을 먹고 있었는데, 25일에 전쟁이 터진 것이다.

오도 가도 못 하게 된 근섭은 국일관 지하방에 몸을 숨긴 채 밖으론 한 발짝도 나가지 않았다. 처음 며칠은 하루 한 끼를 먹을 수 있었는데, 이후로는 먹는 날보다 굶는 날이 더 많았다. 어둡고 곰팡내 나는 지하에서 배를 곯으며 하루하루를 견뎌내는 그에게 유일한 빛은 채원이었다. 채원이 매일같이 찾아와서는 그에게 바깥소식을 전해주거나 그의 말동무가 되어준 것이다. 그마저 없었다면 그는 전쟁이 아니라 지독한 외로움에 치여 죽었을 것이다.

그렇게 두어 달을 훨씬 넘기고 9월 중순에 들어설 무렵이다. UN 군과 국군이 인천상륙작전에 성공해 인천을 탈환했다는 소식을 듣게 되었다. 그로부터 열흘이 지난, 9월 28일, 시가전은 멈추었고, 중앙청 엔 다시 태극기가 게양되었다. 근섭도 그제야 지하방에서 벗어날 수 있었다.

"내 산 거 맞제?"

그 사이에 살이 홀쭉하니 빠진 근섭은 사내 체면에 울지는 못하고 채원을 꼭 끌어안는 것으로 그동안의 불안감을 녹여내려 했다.

"꼴은 귀신인데, 죽은 것 같지는 않네. 고생했어요."

채원은 그의 등을 토닥여 주었다.

"다 자네 덕분이다. 억수로 고맙다. 억수로."

*

국일관 지하방에서 벗어난 그다음 날, 부산으로 내려간 근섭이 제 집 마당으로 들어서자 마침 빨래를 널고 있던 성인이 달려들어 와락 안는다.

"하이고, 살아 있었나. 그래, 그럴 줄 알았다. 니가 무사히 잘 지내 고 있을 줄 알았다."

방 안에 있던 임섭이 제 엄마의 목소리를 듣고는 재빨리 밖으로 튀어나온다. 나이 차가 많은 형의 까칠해진 얼굴을 보니 순간 울컥한 마음에 그만 눈물을 훔치고 만다.

"재후니는? 해주는?"

근섭은 임섭을 토닥이며 묻는다.

"없다."

성인이 대신 대답한다.

"누가? 누가 없다는 말이고?"

"둘 다 없다."

사실 해주가 아직도 남아 있을 거라 기대하지는 않았다. 혼자 사느니 함께 사는 거고, 함께 살지 못하면 그냥 가면 되는 거고, 만사를 이런 식으로 생각하는 사람이라는 것을 알고 있어서다. 그랬기에 많은 부분이 편하기도 했다. 특히 재훈을 데려왔을 때가 그랬다. 그녀는 밥상에 수저 하나 올리면 된다는 식으로만 받아들였고, 재훈도 그런 그녀를 더 편하게 여기는 듯했다. 하지만 재훈은 누가 뭐라 해도 제 자식이었다. 저가 있다고 집에 있고, 저가 없다고 집을 나가는 건 자연스럽지 못하다.

"엄마가 내쫓은 거 아이가?"

대뜸 떠오른 말을 거르지도 않고 입 밖으로 뱉어내 버린다.

"내가 갸를 와 쫓아내노? 지 발로 나갔다."

"그러니까, 지 발로 와 나가겠노. 또, 화냥년의 자식이라고 욕했제? 내가 인자 그 말은 하지 말라고 안 카더나? 작년에도 그래서 가출한 거 기억 몬 하나?"

"하이고야. 지 극정하느라 창자가 다 비틀어졌는데, 내를 천하의 몹쓸 년으로 만드네. 내가 니를 우째 키웠는데, 내가 니를 얼매나……. 아이고, 시어마씨야. 임섭아. 니 행님이 저 모양이다. 니가 올케 이바구해 바라. 내가 쫓아낸나? 내가 그러더나?"

한 발짝 떨어진 곳에서 둘의 대화를 가만 듣던 임섭은 한숨을 내쉬고 만다.

'또, 또. 시작이네. 둘이……. 똑같다'

2008년 7월, 과거에서 온 손님

1

오후 5시 10분.

요셉의원 앞에 서 있던 노신사는 시계를 보곤 문 안으로 들어섰다.

"아. 저번에 심재훈 선생님 찾아오셨던 분이시죠?"

율리아나 수녀는 그를 알아보곤 반갑게 맞이한다.

"심재훈 선생님 아직 퇴근 안 했지요?"

"지금 진료실에 계세요. 안내해 드릴게요."

율리아나 수녀는 2층 진료실로 올라가며 노신사를 힐끔 쳐다본다.

선생님과는 어떤 관계일까.

재훈의 어린 시절 이야기를 들어서인지 괜히 궁금증이 인다.

"선생님. 손님이 오셨어요."

진료 기록을 살펴보던 재훈이 고개를 든다. 율리아나 수녀가 살짝
옆으로 비켜서자 백발의 남자가 보인다. 좁은 이마에 뱁새 눈이 사납

게 보이는 남자.

"아!"

재훈은 남자의 정체를 바로 알아차리고 벌떡 일어선다.

"행님!"

율리아나 수녀는 재훈의 눈시울이 붉어지는 것을 보곤 조용히 밖으로 나간다.

"내 기억하나?"

문밖으로 새어 나오는 남자의 목소리에 떨림이 한가득 묻어 있다.

"순덕이 동생, 김남덕이다."

*

1950년 6월 23일 이른 새벽. 뜬눈으로 지새운 재훈은 다른 식구 모르게 집을 나와 그길로 대구 귀히 집으로 갔었다. 귀히를 만나기 전까지만 해도 순덕의 집에 갈 생각 같은 것은 하지 않았다.

'오갈 데가 없을 때 봐야 한다.'

수년 전에 연아는 작은 봉투를 주면서 이렇게 당부했지만, 재훈은 그날 바로 봉투를 열어 보았었다. 그 안엔 순덕의 주소가 있었다.

김순덕.

그날 처음으로 순덕의 성이 김씨인 걸 알았다.

사실 여섯 살 이후로 만난 적이 없기에 순덕에 대한 기억은 거의 남아 있지도 않았다. 그러니 순덕이 있는 곳을 '오갈 데가 없어 가야 하는 곳'으로 여긴 적은 단 한 번도 없었다. 그랬는데, 재훈은 양산

통도사에서도 한 시간을 걸어 들어가야 하는 시골 마을에 와 있다.

흙길을 쭉 따라 걷던 재훈은 청매화 나무가 있는 초가 앞에 멈춰 선다. 낮은 담장 안의 마당에선 청년 하나가 웃통을 벗은 채 장작을 패고 있다.

"저······. 저······."

어떻게 말을 걸지 몰라 웅얼거리는 소리만 냈는데도 청년은 사람의 기척을 느끼곤 돌아본다.

"니 누고?"

"아······. 수, 순덕이 이모 찾아왔는데······."

"······."

"재후니가 찾아왔다고 하면, 알 낍니더."

청년은 벗어 둔 옷으로 얼굴의 땀을 닦아내고선 재훈 쪽으로 다가섰다. 날카로운 눈매에 꾹 다문 입술, 덩치는 그리 크지 않지만 다부져 보이는 몸매가 어쩐지 상대방을 압도하는 분위기다.

"내, 니 안다."

"내를예?"

"내는 순덕이 동생이다. 누이가 한동안 니 이야기 마이 했다. 니가 몬 살면 자기 탓이라고. 그런데 잘 산 거 같네. 여섯 살 꼬마 아이네."

"열여섯임니더."

"그래, 그래 보인다."

"순덕이 이모는······."

"니도 웃긴다. 누이가 여 있겠나. 시집을 갔어도 벌써 갔겠지."

"아!"

"와, 그건 생각 몬 했나."

"예."

"그럼 이것도 생각 몬 했겠네. 누이, 3년 전에 떠났다."

"예?"

"이 시상 사람 아이라고."

땅 아래에서 손이 번쩍 나와 제 발목을 끌어당기는 느낌이다. 슬픔은 아니다. 순덕이라는 존재의 부재를 알았다고 해서 무언가가 달라질 것은 없다. 그저 그 얼굴을 보지 못하게 되었다는 것을 알게 되었을 뿐이다.

"아! 미, 미안합니다."

재훈은 그대로 몸을 돌려 뛰어가버린다.

2

"행님은 우째 하나도 안 변했는교?"

근처 술집으로 자리를 옮긴 후, 재훈은 그에게 술을 따라 주며 말한다.

남덕은 시원하게 소리 내어 웃는다. 오십여 년이나 지났는데 몸이든 마음이든 똑같을 리가 없다. 더 우스운 건 저 역시 재훈에 대해 같은 생각을 하고 있다는 것이다.

"지랄. 내 이름도 기억 몬 했다면서."

"어데 이름 부를 일이 있었는교. 행님을 행님이라고만 불렀는데.

마이클이라고 했으면 바로 알았지."

"하하하. 그 이름을 안주 기억하나."

"미군 부대에선 사람들이 행님을 그렇게 불렀으니까……."

"미군 부대에서 일한 것도 기억하나?"

"행님 덕분에 어려운 시절 잘 견뎌냈는데, 기억 몬 하는 게 이상하지."

"맞나?"

남덕은 겸연쩍은 표정으로 재훈의 술잔에 술을 채운다. 그 모습을 물끄러미 쳐다보던 재훈은 그를 처음 만났던 날의 기억을 떠올린다.

*

재훈은 귀히와 헤어진 후 대구 시내 곳곳을 무작정 헤매고만 다녔다. 그저 걷고 또 걸었다. 다리도 아프지 않았고, 아버지에게 맞아 시큰거리던 어깨와 팔목의 통증도 느껴지지 않았다. 그저 그의 머릿속엔 한 가지 단어만 똬리를 틀고 있었다.

죽을까.

죽을까.

죽어버리자.

태어나고 싶어서 태어난 것도 아닌데, 그를 둘러싼 세상은 그에게 '필요 없다'는 말만 하고 있다. 아버지의 새끼라 필요 없고, 어머니의 새끼라 필요 없다. 버림받은 것이 더 나은지, 폭력과 폭언에 휘둘리는 게 더 나은지. 선택도 힘들다.

죽자.

이번엔 애꿎은 사람에게 칼날을 휘두르지 말고, 내 심장에 꽂아버리자.

독기를 품을 것도 없고, 다른 이를 원망할 것도 없다. 울음을 터뜨리며 태어났다고, 죽으면서 그럴 것까지야. 필요가 없으니 사라지는 거지.

결심이라고 할 것도 없었다. 물 흐르듯 자연스럽게 자살로 이어지는 의식을 받아들인 채 남문 장터 입구의 칼 장수에게 갔다.

어떤 게 나으려나.

이왕이면 고통 없이 단박에…….

식칼, 과도, 접는 칼 등 다양한 칼들을 무심한 눈으로 쓱 훑어보며 이런 생각을 하는데, 근처 사람들이 떠드는 소리가 들린다.

전쟁.

북한군.

피난.

꿈결처럼 하나씩 꽂히는 단어를 무심히 듣고만 있다. 그런데 갑자기 '펑' 하는 소리가 들린다. 순간 머리를 감싼 채 엎드린다. 몇 초가 지났을까. 칼 장수가 재훈의 손등을 톡톡 치고선 묻는다.

"학생, 학생. 으데 아프나?"

"포, 폭탄이……."

벌벌 떨며 고개를 든다. 저를 바라보는 칼 장수의 눈엔 걱정이 서려 있다.

뭐지.

뭔가가 이상하다. 주위를 둘러본 그의 눈에 강냉이들을 우수수 쏟아내고 있는 뻥튀기 기계가 잡힌다.

아, 저거였구나.

그제야 상황을 파악한다. 폭탄이 터진 것이 아니다. 여기는 안전하다. 그렇다고 느낀 순간 바짝 긴장한 몸에 힘이 풀린다.

"괘안나?"

칼 장수가 다시 묻는다.

"젊은 아가 넋이 나간 것처럼 왔다리갔다리 해서 눈여겨보고 있었는데……. 니 진짜 괘안나?"

"……. 위에 전쟁 났습니꺼?"

"와, 그게 그리 무섭더나? 그래서 낯짝이 허옇게 질린 거가?"

"아재는 안 무서워예?"

"무섭다. 와 안 무섭겠노. 근데 여는 아즉 아무 문제 없고, 오늘 밥벌이는 해야 안 쓰겄나. 그래서 칼은? 살 끼가, 말 끼가."

조금 전만 해도 저를 유혹하듯 번뜩거렸던 칼들이 허름하게 널브러져 있다. 재훈은 꾸벅 고개를 숙이곤 뒤돌아선다.

"야야, 정신 줄 단단히 잡고 다니라. 시상 아무리 무서워도 그러면 산다."

칼 장수의 말이 등 뒤에 꽂히자 재훈은 푹 고개를 숙인다.

'재훈아, 너, 진짜 살고 싶었구나.'

낯이 뜨겁다. 다른 사람은 몰라도 저는 안다. 언제인가부터 들고 다녔던 죽음이 사실은 아버지와 어머니를 향한 어리광일 수도 있다는 것을. 재훈은 계속 걷는다. 하지만 조금 전과 달리 느릿한 걸음이 아니다. 더 큰 폭으로 성큼성큼 빠르게 걷다 달리기 시작한다.

열여섯, 부모의 애정을 구걸하지 않아도 잘 살 수 있는 나이다.

부모의 폭력에 굳이 저를 상처 입히지 않아도 되는 나이다.

그러니 혼자 잘 살자.

세상이 무너져도 혼자 잘 살아남자.

그렇게 삼십여 분을 뛰던 재훈의 눈앞에 대구역이 나타났다. 귀히를 데리고 서울로 갈 생각이었다. 귀히가 가지 않는다면 혼자서라도 서울로 가기로 마음을 먹었었다. 하지만 서울로 가는 건 자살 행위다. 부산으로 가는 표를 끊기 위해 돈을 꺼내는데 종이 하나가 딸려 나와 바닥으로 떨어진다.

김순덕. 양산시 하북면······.

삐뚠 글씨 아래엔 어린아이가 그린 것 같은 지도까지 그려져 있다.

한번은 니를 보고 싶다.

지도 아래에 꾹꾹 눌러쓴 것 같은 문장. 이 문장 때문에 여태 순덕의 쪽지를 보관했었다. 세상에 있는 누군가는 저를 생각해 주고 있는 것 같은, 그 느낌이 좋아서.

'부산에서 양산으로 가는 버스를 타고······.'

재훈은 마음을 굳혔다.

'한번은 보자.'

그냥 이런 생각을 했을 뿐이다. 순덕의 집에 얹혀살 생각 같은 건 아예 하지 않았다. 그런데 순덕이는 없다고 한다. 쪽지의 글씨는 선명하게 남아 있는데, 그 글씨를 쓴 사람은 남아 있지 않다고 한다.

아…….

사람이 이렇게 사라질 수도 있구나.

죽음이라는 게 이런 것이구나.

갑자기 모든 것이 부끄러워졌다. 누구에게 향한 것인지 모를 민망
함에 고개를 들 수 없었다. 그래서 일단 뛰었다. 그런데 무언가가 와
다다 달려와서는 제 팔뚝을 강한 힘으로 붙잡았다. 남덕이다.

"밥은 묵고 가라."

3

남덕은 열아홉 살이었다. 광복된 후론 저 혼자 서울로 올라가 광
화문 미군 부대에서 하우스 보이로 일했었다. 하우스 보이는 미군들
이 일하러 나간 사이에 그들의 침대를 정리하고, 방을 청소해 주고,
신발을 닦아주고 그 대가로 팁을 받는 소년들을 뜻했다. 그런데 이번
엔 월급을 받을 수 있는 노무자로 일할 수 있게 되었다. 그 전에 잠
시 고향에 내려와 있던 참이었는데 순덕이에게 말로만 듣던 재훈이
가 온 것이다.

기어코 전쟁이…….

고향에 내려오기 전에도 삼팔선의 분위기가 심상치 않다는 말을
듣긴 했었다. 게다가 소련의 지원으로 북한군의 병력은 남한보다 훨
씬 우세했기에 전쟁이 터지면 남한이 쑥대밭이 되고 말 거라는 예측
도 들었다. 그러니 여기라고 안전하진 않을 것이다. 그렇다고 전쟁 소
식까지 듣고 온 소년을 그대로 보낼 수는 없었다.

"여서 지내자. 니 어데 갈 데도 없다 아이가. 있었으면 여까지 왔겠나."

어차피 저와 어머니 둘만 있는 집에 식구 하나 더 들인다고 문제될 건 없었다.

다행히 전쟁은 양산의 깡촌까지 들어서지 못했다. 부산이나 양산 시내처럼 피난민이라도 몰려들었다면 간접적으로나마 전쟁의 분위기를 느꼈을 터이지만, 그조차도 없었다.

진짜 전쟁 중인가?

개천에서 다슬기를 줍다가 문득 허리를 편 재훈은 말갛게 푸르기만 한 하늘을 올려다보고 이런 의문을 품은 적도 있었다. 며칠에 한 번씩 양산 시내로 가 부산과 대구는 아직 안전하다는 소식을 듣고 있었기에 아버지나 어머니 걱정도 하지 않았다.

그렇게 3개월을 보낼 즈음이었다. UN군과 남한군의 서울 수복 소식을 들은 남덕은 재훈에게 제안했다.

"니 내캉 서울 가자. 가면, 미군 부대에서 일할 수 있을 끼다."

"미군 부대요?"

재훈은 이제껏 한 번도 생각해 본 적이 없는 일이기에 어리둥절한 표정으로 되물었다.

"아무나 갈 수 있는교?"

"건강하기만 하면 된다. 어차피 다 몸 쓰는 일이라. 연줄이 있으면 더 들어가기 쉽다. 내가 그쪽에 아는 연줄이 좀 있다. 내캉 가면 다 된다."

"나이는……."

"니 키가 크서 으른이라 해도 믿을 끼다."

재훈은 더는 고민하지 않았다.

'죽으려고 마음도 먹었는데, 뭔들 몬 하겠노. 일단 가자. 가서 정 못할 일이면 안 하면 되지.'

3부

흔들렸기에, 흔들림을 아는

1952년, 미군 부대의 하우스 보이

1

"야가 내를 보자마자 냅다 도망을 쳤다니까요."

남덕은 가끔 사람들에게 재훈과 처음 만난 날의 일을 이 문장 하나로 설명해 버리곤 했다. 앞뒤 다 자르면 아예 틀린 말은 아니지만 적어도 남덕이 무서워서 도망친 것은 아니어서 억울한 측면이 없지도 않다. 하지만 재훈은 다른 변명 없이 '그랬지요.'라고 동조해 준다. 사람들이 재미있어해서다. 지금 황씨만 해도 껄껄 웃고는 큰 덩치에 어울리지 않게 '나도 처음에 널 보고 도망칠 뻔했다. 어디서 깡패 짓이나 하다가 온 놈인 줄 알고.'라고 말하곤 10달러 지폐를 꺼낸다.

"이걸로 제이 맛있는 거 좀 사 먹여라. 너를 오해한 값이기도 하고."

제이는 재훈의 영어 이름이다. 미군들이 부르기 쉽도록 제가 직접 지은 것인데도 이 이름으로 불릴 때마다 뭔가 어색한 느낌이다.

"하하하. 그렇다고 돈을……. 됐심더."

"마! 어른이 주는 건 고맙다 하고 받는 게 예의다."

"고맙습니다."

남덕 성격에 계속 거절할 거 같아 재훈이 얼른 인사를 해버린다.

"그래, 이래야 주는 사람 마음도 좋지."

남덕은 황씨의 말에 헤헤 웃는 재훈의 이마를 가볍게 치고선 저도 웃고 만다.

"그런데 행님. 재후니가 우덜보다 더 돈이 많을 수도 있는데. 그건 몰랐지요?"

황씨는 뭔 말인가 싶어 재훈을 보고선 '진짜?'라고 묻는다.

"진짠지 가짠지 지가 우예 알겠습니까? 행님이 번 돈이 얼매인지 모르는데."

"하하. 그도 그렇네."

지금 이들은 속초의 한 미군 부대 노무자 숙소 앞 잔디밭에 앉아 있다.

재훈은 남덕의 제안대로 서울로 올라와 광화문의 미군 부대에서 반년 정도 노무자로 일했다. 그것을 계기로 춘천 미군 부대, 양구 미군 부대를 각각 3개월씩 거쳐 지금 있는 속초 미군 부대로 오게 된 것이다. 그게 벌써 1년 전이다.

"그런데 진짜 궁금하긴 하네. 제이, 진짜 돈을 많이 모았어? 하우스 보이가 무슨 수로?"

재훈은 씩 웃고는 대답한다.

"사업 기밀입니더."

*

　재훈은 속초 미군 부대에 도착한 그다음 날, 기차를 타고 다시 돌아가버릴 생각이었다. 한국인 노무자를 관리하는 사람이 유독 깐깐하게 나이를 걸고넘어져서다.

　"성인도 아니네. 넌 하우스 보이 해라."

　열여섯 초겨울에 처음 간 광화문 미군 부대에서도 듣지 못한 소리였다. 남덕이 말한 대로 큰 키 때문인지 노무자로 채용되었고, 그에 합당한 월급을 받았다. 춘천, 양구 미군 부대에서도 마찬가지였다.

　그런데 이제 와 하우스 보이라니.

　월급도 없이 팁으로만 어떻게 살라고.

　"지는 하우스 보이로 여 온 게 아입니더. 지는 다른 부대에서도 한 사람 몫을……."

　"됐고. 변경은 없다."

　노무자 관리인은 더 듣기 싫다는 듯 휙 돌아서서는 건물 안으로 들어가버렸다.

　"어서 일 몬 하겠다. 여 나갈 끼다."

　저를 위로하듯 어깨를 토닥이는 남덕에게 말했다.

　"니, 내가 꽤 오랫동안 하우스 보이 했다는 거 알제?"

　"안다."

　"그럼, 일이 안 힘든 것도 알고 있제?"

　"안다. 침대보 정리하고, 숙소를 쓸고 닦는 게 머 힘들겠노."

　"그럼 시간이 많은 것도 알겠네. 그 시간에 니가 하고 싶어했던 공부하면 되지."

"그거야 돈을 벌었을 때 말이지. 내는 일이 더 힘들어도 매달 월급을 받는 게 좋다. 돈 벌려고 여까지 온 건데."

"팁을 받으면 되지. 한 방에 침대가 열 개에서 열다섯 개다. 방 두 개만 맡아도 미군 스무 명 이상에게 팁을 받는 기다. 무슨 말인지 몰겠나."

"월급 받는 것만 몬 하잖아."

"하기 나름이지. 내보다 더 많이 받을 끼다, 니는. 그리고 그럴 리는 없겠지만, 니가 팁을 많이 몬 받는 달엔 내 월급 떼 주께. 우린 공동 운명체니께."

"행님아. 사람이 와 이케 착하노."

재훈은 남덕이 질색하는 걸 알면서도 그를 와락 껴안았다.

"꺼지라."

남덕은 잔뜩 얼굴을 찡그리며 재훈을 밀어내고선 허둥지둥 그 자리를 떠났다.

"행님아. 행님이 꺼지면 어떡하노!"

"됐다."

"머가 됐노!"

남덕이 보이지 않자 재훈은 혼자 낄낄 웃다가 '그래 여만한 데가 어데 있겠노. 나가봤자 른 일을 찾겠노.' 같은 생각을 하고, 이왕 하는 거라면 '하우스 보이의 전설'이 될 정도로 제대로 해보자는 각오까지 다졌다.

바로 그다음 날부터 시작한 하우스 보이 일은 남덕의 말마따나 어렵진 않았다. 침대 열두 개가 있는 방 두 개를 배정받아 합이 스물넷의 뒤치다꺼리를 해주고 그 대가로 꽤 많은 팁을 받아낼 수도 있었다. 하지만 단지 그것만이었다면, 남덕이 '야가 우덜보다 돈이 더 많을 수도 있다'는 말 같은 건 하지 않았을 것이다.

하우스 보이로 일한 지 한 달이 지났을 무렵, 재훈은 이 일이 생각보다 장점이 많다는 사실을 알게 되었다. 노무자로 일하는 동안엔 창고에 처박힌 채 짐을 나르거나 생전 처음 보는 기계들을 박박 닦아내는 등의 일을 하느라 미군과 만날 접점이 없었다. 그런데 하우스 보이는 미군과 가까이 있다 보니 영어 실력을 키울 수도 있었고, 그들에게서 이런저런 이야기를 들을 수도 있었다. 그래서 알게 된 사실 중 하나는 3박 4일 휴가를 받은 미군들은 대체로 일본으로 간다는 것이다.

"Bermudez, this is a present for you.(베르뮤데스. 네게 주는 선물이야.)"

하우스 보이로 지낸 지 넉 달이 지날 즈음, 재훈은 휴가를 받고는 들떠 있는 미군에게 담배 한 보루를 건넸다. 그가 즐겨 피우는 럭키 스트라이크다. 당신을 위해 지난 휴일에 서울까지 가 구해 왔다는 말도 슬쩍 덧붙인다. 그러자 라틴계 청년은 히죽 웃고는 대뜸 물었다.

"What do you want? boy.(뭘 원해?)"

"Hah, hah, hah. You're so quick-witted. That's why I like it.(하하하. 넌 눈치가 정말 빨라. 그래서 내가 널 좋아하잖아.)"

"Jay, I like you too, but I can't do you a hard favor.(제이, 나도 널 좋아하지만, 어려운 부탁은 들어줄 수 없어.)"

"No, no. It's very easy. Buy me two suits when you go to

Japan. Of course I'll pay you. And I'll give you a tip as a thank you. I'm not the only one asking you to give me a tip.(아니야, 아니야. 매우 쉬워. 일본에 가면 양복 두 벌만 사 와줘. 물론 내가 돈을 줄 거야. 그리고 감사의 뜻으로 팁을 줄게. 나만 너한테 팁을 받으라는 법은 없잖아.)"

"Okay, boy. Did you ask Lester, too?(알았어. 소년. 혹시 레스터에게도 부탁했어?)"

"Yes. The more, the better.(응. 많으면 많을수록 좋거든.)"

재훈의 사업은 이렇게 시작되었다.

2

1952년, 당시 한국에선 양복을 제대로 만드는 곳이 드물었다. 대부분의 양복점에선 홍콩에서 수입해 온 양복을 팔았다. 수입 양복은 가격이 비싸 웬만한 사람은 엄두도 내지 못했다.

재훈은 이러한 사실을 광화문의 한 양복점 점원인 장에게 들어 알고 있었다. 이 말을 들을 때만 해도 '그런가 보다.'라고만 생각했다. 제가 양복을 입을 일은 없어서다. 그런데 미군이 일본으로 휴가 간다는 것을 알게 된 순간 장의 말이 번쩍 떠오르는 것이다.

요거 하나만 팔아도 내 월급이 나온다.

양복집 점원 월급이 얼마인지는 몰라도 꽤 괜찮은 장사인 것만은 분명했다.

'일본 양복으로 이윤을 남길 수 있겠네.'

양복집 김 사장도 기꺼이 거래에 응할 것이라는 자신도 있었다. 그리고 그 생각은 적중했다.

양복을 사고파는 것으로 한번 돈을 벌고 나니 그다음부터는 훨씬 수월해졌다. 미군에게 심부름값을 좀 더 챙겨 줄 수 있었고, 그게 또 소문이 나 제가 알지 못하는 미군까지 찾아와 저도 일본에 휴가를 가니 양복을 사 오겠다고 먼저 제안을 하기도 했다.

그렇게 열 달이 지날 즈음엔 재훈의 수중에 꽤 많은 돈이 모이게 되었다. 그러자 이번엔 밖으로 나가 사업을 해도 괜찮겠다는 생각이 슬금슬금 들기 시작하는 것이다.

"행님."

며칠 고민하던 재훈은 남덕에게 슬며시 운을 뗐다.

"여는 한 일 년만 있다가 서울에 가서 가게 차리는 건 어떠노?"

"무신 가게?"

"안주 모르겠다. 뭐든. 양복도 조코, 신발도 조코."

"와, 장사하고 싶나?"

"장사 말고 사업."

"시키. 그기 장사다."

"그래, 그렇다 치고, 사업이든, 장사든. 내캉 해볼래?"

남덕은 진지하게 저를 쳐다보는 재훈의 뒤통수를 잽싸게 갈겨버린다.

"왜 이카노."

"정신 차리라. 니는 우째 내보다 니를 더 모르노."

"머, 머!"

"이 시키. 크러면 멀었네. 니 진짜 장사하고 싶나?"

"어!"

"진짜?"

"어!"

"그라면 서울 갈 때마다 책은 와 사 오노? 밤마다 공부는 와 하노? 장사꾼이 장사만 잘하면 됐지, 국어니 수학이니 이런 책들을 왜 케 보는데? 그거 다 고등학교 교과서 아이가? 내 말이 틀렸나?"

"그건……. 아, 씨……. 그건……."

할 말을 찾지 못한 재훈의 귓불이 벌겋게 달아오른다.

"니, 여서 나가라. 더 늦기 전에 니가 하고 싶은 거 해라."

"……. 행님은 내가 없어도 괘안나?"

"이러니까 아즉 어리다는 거다. 시키야. 안 괘안으면 우쩔 낀데. 사람이라는 게 원래가 혼자다. 다 자기 길을 찾아가는 거지."

"진짜 그리 생각카나?"

"그래, 시키야. 니도 글케 생각 안 하나? 아이가?"

"……."

"아이가?"

"……."

"이 시키, 하우스 보이 하더니 나쁜 것만 배웠네. 속내를 감추고, 거짓말하는 거. 다 좋은데, 니 자신한테도 거짓말할 끼가? 머꼬, 와 웃노."

가뜩이나 험악한 인상의 사람이 눈까지 부릅뜨고 강한 어조로 말하는 모습에 재훈은 그만 웃음을 터뜨린다. 그러자 꾹꾹 누르고 있던 열망까지 징그럽게 꿈틀거린다.

"행님이 맞다. 하하하. 내가 거짓말했다."

남덕은 한결 가벼워진 표정의 재훈을 빤히 쳐다본다. 2년 넘는 시간을 거의 매일 보았다. 그렇다고 해서 앞으로도 늘 함께할 것이라 여기지는 않았다. 다만 그 시기가 문제일 뿐, 어차피 각자가 원하는 길로 가게 되어 있다.

"시키. 마음 정했나?"

남덕이 물었다.

"정했다."

열여덟 살, 재훈은 학교로 돌아가기로 했다.

2011년, 한 발 수레에서 내리지 못한 아이는

1

재훈은 요셉의원을 나와 신도림역이 있는 방향으로 걷는다. 긴 골목 끝으로 경인로가 보일 즈음이다. 선생님. 심재훈 선생님. 저를 부르는 소리에 돌아보자 진주가 달려오는 것이 보인다.

"우와, 선생님, 진짜 걸음이 빠르시네요."

코앞까지 다가선 진주는 거친 호흡을 고르곤 말한다.

진주는 작년 3월에 대학을 졸업한 후에도 요셉의원 일을 그만두지 않았다. 프리랜서로 교정보는 일을 하면서 틈틈이 제 글을 쓰는 중이다.

"무신 일 있어요?"

"아뇨. 아무 일도 없어요. 그냥 앞에 가시는 게 선생님 같아서 불러본 거예요."

"하하하. 이쪽은 영등포역 쪽도 아인데."

횟수로 따지자면 진주를 안 지 이제 4년이다. 재훈이 2003년부터 요셉의원에서 일하며 알게 된 사람들에 비하면 그 인연이 그리 길지는 않다. 그런데도 유독 가까워진 건 진주의 적극성 때문일 것이다. 지금도 그녀가 제 이야기를 듣고자 부러 쫓아온 것을 알고 있지만 귀찮기는커녕 외려 말동무가 생겨 좋다.

"오늘은 신도림역에서 전철을 탈 생각이에요. 선생님은 남성 아파트에 가시는 거죠?"

"하하하. 잘 알고 있네요."

"선생님 친구분이 그곳에 산다는 것도 알아요. 선생님이 한국에 계신 동안엔 매주 한 번씩 침을 놓아주신다는 거까지."

재훈은 남덕을 다시 만난 이후로 그 인연을 계속 이어나가고 있다. 남덕은 구로에서 자동차 정비소를 하며 번 돈으로 2남 1녀를 다 키우고 지금은 아내와 살고 있다. 그런데 재작년 4월, 남덕이 목욕탕에서 넘어져 허리통증이 극심하다는 말을 듣고 그의 집에 한달음에 달려간 일이 있었다. 그때 재훈이 침을 놓아주겠노라 하니 남덕은 대뜸 '양의가 무신 침이고?'라고 말하며 농담으로 받아들였다.

- 양의이기도 한데, 한의사이기도 하다.

그제야 남덕은 재훈이 농으로 한 말이 아닌 것을 알고는 '우쩌다가?'라고 물었다. 그 뉘앙스가 '너, 어쩌다 사고가 났니?'처럼 들렸기에 재훈은 '막내딸이 잘못했지.'라고 응수했다.

- 들어나 보자, 멀 얼매나 잘못했는지.

의대 졸업 후 의사로 일하던 막내딸이 한 대학의 한의과에 들어가 공부를 하더니 한 날 이렇게 말했다.

- 아버지, 침 한번 배워봐라, 너무 재미있다.

당시만 해도 재훈은 침을 믿지 않았기에 '네가 재미있으면 됐다.'고만 응수했다. 그런데 그의 마음이 변한 것은 2003년 12월에 의료봉사차 간 니카라과와 도미니카 공화국의 현실 때문이었다. 이들 나라 대부분은 의료 인프라가 상당히 부족해 진료에 필요한 의료 기기는 물론이고, 처방에 필요한 의약품도 충분하지가 않았다. 의사만 있다고 될 일이 아니었다.

뭔가 좀 더 좋은 방법이 없을까.

이런 고민을 하던 차, 막내딸의 말이 떠올랐다.

'당뇨병 때문에 다리가 마비된 사람도 침 한 방만 놓아주면 괜찮아지더라. 서양 약으로는 치료할 수 없는 것을 낫게 할 수 있는 것들도 많다.'

재훈은 바로 그다음 해 막내딸이 다니는 아틀란틱 오리엔탈 메디슨의 한의과에 입학했다. 당시 막내딸이 3학년 학생이었으니 재훈은 막내딸의 후배로 들어간 셈이었다. 그러곤 2007년에 졸업해서는 한의사 자격증을 취득해 버렸다.

이러한 사연을 말해주자 남덕은 '와, 니, 진짜…… 미친놈 아이가? 이야, 니, 억수로 독하네.'라고 감탄인지 욕인지 모를 말을 몇 번이나 뱉어냈었다. 그러곤 '침 한번 놓아봐라.'라고 바닥에 엎드려 누웠는데, 그걸 시작으로 지금까지 한국에 오면 매주 한 번 그의 집에서 침을 놓아주고 있다.

"내가 그 이야기까지 했어요?"

"네. 제가 꼬치꼬치 캐물으니 결국 말씀해 주셨죠. 지금도 그래 주실 거죠? 그럼 남성 아파트까지 같이 가 드릴게요. 선생님 심심하지 않게."

"혼자 걸어도 심심하지가 않은데. 운동 삼아 걷는 거라."

"아니에요. 혼자 걸으시면 심심할 거예요."

"맞아요?"

"예."

"머가 또 궁금해요?"

"학교요."

"아, 학교."

"중학교 졸업장도 없이 고등학교에 들어가셨잖아요. 그게 어떻게 가능했어요?"

대구의 모 고등학교 3학년에 편입한 지 넉 달이 지날 즈음이었다. 남덕도 미군 부대를 그만두고 학교 근처 재훈의 하숙집으로 놀러 와서는 '내가 진짜 궁금해서 그런데……' 로 운을 떼고는 진주와 같은 질문을 했었다.

"내가 고등학교를 들어갔을 때가 1953년 3월이었으니……. 휴전 협정을 맺기 전이었지요. 전쟁이 할퀴고 간 상처 때문에 모든 게 엉망이었고, 어려웠던 시대이기도 하고……. 그래서 또 편법이 가능했지요."

"편법요? 선생님이요?"

"하하하. 편법이었지요."

재훈은 1952년 11월에 다시 만난 아버지부터 떠올린다.

2

'우리 아부지, 진짜 난놈이구나. 우째 볼 때마다 여자가 바뀌어 있노.'

재훈은 청진각 마담인 수라와 그녀의 옆에서 목이 마른 듯 계속 물을 홀짝거리는 근섭을 번갈아 쳐다보며 생각했다.

수라는 겨우 스물넷이었다. 스무 살 즈음에 결혼한 남편이 재작년에 북으로 끌려간 바람에 기생이 되었다고 했다. 그런 사연을 가졌어도 얼굴엔 그림자가 없었고, 저보다 나이가 많든 적든 사람을 어려워하지 않았다. 심지어 며칠 전엔 2년 만에 근섭을 만나는 자리에 함께 와서는 '당신 아들이면, 내 아들이네.'라고 말해 재훈을 기겁하게 했다.

어찌 되었든 근섭과 재회한 그날, 재훈은 그간의 일을 간략하게 설명하고, 학교에 들어갈 것이라는 뜻을 밝혔다.

- 마! 쓸데 없는 소리 말고 돈 벌 생각이나 해라. 니 아부지 예전처럼 부자 아이다.

- 아부지한테 학비 대달라고 찾아온 거 아입니더. 그간 못 봤으니 인사하러 온 거라예.

- 지금 니 나이에 중핵교에 댕길 수 있겠나? 전부 니보다 어릴 낀데.

- 그래서 고등핵교에 들어가려고요.

- 그게 가능하겠나?

- 가능할 수도 있을 것 같은데.

이들의 대화를 옆에서 가만 듣던 수라가 끼어들었다.

- 어케요?

재훈이 물었다.

- 손석춘 선생이라고, 중학교에서 교사로 있는 분을 잘 아는데, 그 분이라면 네가 고등학교에 편입할 방법을 찾아줄 거야.

- 중학교 교사가 무슨 수로요?

- 그게……. 서대문 훈육소라고……. 혹시 들어본 적 있니?

- 처음 들어요.

- 육이오 때…….

수라의 말을 정리하자면 이랬다.

육이오 당시 서울에 있던 학교 대부분은 피난을 갔다. 서울에 남아 있던 교사들은 '서대문 훈육소'를 만들어 피난 가지 않은 학생들을 가르쳤다. 피난 간 학교들이 다시 서울로 돌아오자 서대문 훈육소에서 공부한 학생들은 원래 제가 다녔던 학교로 돌아갈 수 있게 되었는데, 이때 이들은 서대문 훈육소에서 받은 성적표로 그동안 자신들도 학교에 다녔다는 것을 증명할 수 있었다.

그제야 재훈은 서대문 훈육소가 어떤 곳인지 알게 되었지만, 이와는 별도로 여전히 이해가 되지 않았다. 일단 저는 서대문 훈육소를 다니지도 않았고, 훈육소에 다녔다 한들 다시 돌아갈 고등학교도 없었다. 애당초 고등학교에 적을 둔 적이 없으니 이게 다 무슨 소용인가 싶었다.

- 일단은 손 선생님을 한번 만나는 봐.

뭐가 됐든, 방법이 있다고 하니 재훈으로서는 딱히 거절할 이유도 없었다. 그로부터 사흘이 지난 오늘에야 손 선생을 만나기로 한 것이다.

"시간을 칼같이 지키시는 분인데, 오늘은 좀 늦으시네."

만나기로 한 시간에서 십여 분이 지났을 즈음 수라가 누구에게라고 할 것도 없이 혼잣말을 중얼거린다. 그때다. 문이 열리더니 키가 크고 등이 살짝 굽은 남자가 룸 안으로 들어선다.

"제가 좀 늦었지요?"

검은 테 안경 너머의 눈동자는 차갑고, 정중하게 내뱉는 목소리는 딱딱하다. 밝은 데다 친화력이 좋은 수라와는 결이 너무 달라 둘이 친분이 있다는 게 이상하게 느껴질 정도다. 손 선생이 들어섰을 때부터 일어나 있던 재훈은 그가 근섭과 인사를 주고받는 모습을 가만 지켜본다.

"네가 재훈이구나. 반갑다."

그제야 재훈은 깊이 허리를 숙여 인사를 건넨다.

"어서 앉으십시오. 선생님도 아시겠지만, 여 음식이 여간 맛난 게 아입니더. 일단 저녁부터 드시고……."

"아, 아닙니다. 대접받으려고 온 게 아니라서."

"그래도……."

"제가 여기서 저녁을 얻어먹게 되면, 뇌물 받고 가짜 성적표를 만드는 것밖에 더 되겠습니까?"

"가짜 성적표요?"

재훈이 묻는다.

"그래, 가짜 성적표. 서대문 훈육소에서 네가 공부를 했고, 시험도 쳤다는 걸 증명해 줄 성적표지."

"그, 그래도 괜찮심니꺼?"

"공부가 하고 싶다며?"

"예."

"그 마음은 진짜니?"

"예. 진짭니더."

"그럼 됐다. 성적표는 가짜일지 몰라도, 네 마음이 가짜가 아니면 된 거지. 이런 어려운 시기에 어떻게든 공부를 하고 싶어하는 청년에게 기회를 주는 것이 좋다는 게 내 생각이다. 이걸로 답이 되었니?"

"아!"

"내가 서대문 훈육소에서 교사로 있어서 가짜 성적표를 만들어 주는 건 어려운 일은 아니야. 다만, 이 성적표로 서울에 있는 웬만한 학교에 들어가기는 어려울 거다."

"그건 괜찮심더. 어디가 됐든 배울 수만 있으면 됩니더."

"열여덟이라고 했지? 내년엔 열아홉이 되겠구나. 나이로 봐선 고등학교 3학년으로 편입하는 게 적당한데……. 일단은 고등학교 2학년부터 시작해야 할 것 같네. 괜찮겠니?"

"네. 다른 학생들보다 한 살 많은 건 문제도 아입니더."

"그래, 여기 정 마담에게 네 이야기를 듣고, 준비했다."

손 선생은 재훈에게 노랑 봉투를 건넨다. 재훈은 그 안에서 꺼낸 서류가 서대문 훈육소 성적표인 걸 알고 깜짝 놀란다.

"벌씨루……."

"시간 끌어 뭐하겠니? 만드는 게 어렵지도 않고."

"지는 그저 지가 잘되고 싶어서 그런 것인데……. 이렇게까지……."

"모두가 그래. 공부든, 일이든. 다 자기가 잘되고 싶어서 하는 거지."

"그걸 아시면서……. 왜……?"

"어른이니까. 아이들이 놀고 싶으면 놀 수 있고, 배우고 싶으면 배울 수 있는 환경을 만드는 게 어른이 할 일인데……. 우린 그러지 못하고 있으니……. 오히려 네게 미안하지."

"……."

"꼭 뭔가가 되지 않아도 좋으니까, 네가 원하는 만큼 열심히 공부하면 돼. 그걸로 충분하다."

재훈은 잠시 멍한 표정을 짓는다.

충분하다.

손 선생은 무심코 뱉어낸 말이었지만 재훈에게 이 말이 주는 무게는 남달랐다.

3

재훈이 이모할머니인 성자와 수원에서 살 때였다.

뜨끈한 바람에 습기가 잔뜩 묻은 여름의 오후, 동네 아이들과 근처 제방 공사장으로 달려갔다. 공사장은 아이들에겐 그야말로 멋진 놀이터였다. 작은 산처럼 봉곳하니 솟은 흙더미는 미끄럼틀이었고, 다른 한쪽에 쪼르르 모아 둔 바윗돌은 커다란 블록이었다. 곳곳에 움푹 팬 웅덩이에서 첨벙첨벙 뜀뛰기를 하기도 하고 물기가 잔뜩 묻은 흙으로 성을 쌓기도 했다. 술래잡기나 숨바꼭질을 하기에도 꽤 좋은 환경이었다. 하지만 아이들 모두 진짜로 좋아한 놀이는 따로 있었다. 인부들이 온종일 흙이나 돌을 실었을 한 발 손수레에 타는 것이다.

손수레 타기 놀이에는 시작 신호가 있었다. 키가 큰 소년이 손수레의 손잡이를 잡고는 '애들아, 타!'라고 소리치는 것이다. 그럼 기다렸다는 듯 여기저기 흩어져 놀던 아이들이 우르르 달려가 좁은 수레 안에 먼저 올라타려 경쟁이 붙었다. 당시 겨우 여섯 살이던 재훈은 저보다 서너 살은 더 위인 아이들을 뚫고 수레에 올라탈 수는 없었다. 그 때문에 재훈은 늘 아쉬움 가득한 얼굴로 이쪽에서 저쪽으로, 저쪽에서 이쪽으로 구르는 수레를 쳐다만 봐야 했다. 그러던 한 날, 키가 큰 소년이 재훈을 번쩍 안아 들고선 앞쪽 자리에 앉혔다.

"여, 꼭 잡아라. 무섭다고 울지 말고."

"안 운다."

"그래, 시키야. 그래야 우덜캉 계속 놀지."

뒤이어 아이들 셋이 더 올라타자 소년은 수레를 밀기 시작했다. 같이 탄 아이들이 환호성을 질러대는 가운데 수레의 속도는 더 빨라졌다.

"우와!"

다른 아이들처럼 환호성을 지른 그 순간이었다. 내리막길을 달리던 수레에서 재훈의 몸이 튕겨 나와 떨어졌다. 속도감이 붙은 수레바퀴는 재훈이 떨어진 곳을 그대로 밟고 지나갔다.

"멈춰, 멈춰!"

"재후니 밟았다."

"허억. 재후니 죽었다."

멈춘 수레에서 재훈이 떨어진 쪽으로 달려오는 아이들의 얼굴은 시뻘겋게 달아올라 있었다.

"됐다. 안 죽었다."

가장 먼저 달려온 소년이 뒤쪽 아이들에게 소리쳤다. 바퀴에 밟혔을 것이 분명하다고 생각했던 재훈은 운이 좋게도 구덩이 안에 엎어져 있었다. 구덩이가 아니었다면, 속도가 붙은 수레바퀴가 그대로 재훈의 몸을 밟고 지나갔을 터였다. 하지만 재훈은 저가 어떤 위험에 처해 있었는지조차 몰랐다. 수레에서 거꾸로 떨어지며 턱과 양쪽 손바닥에 타박상을 입었는데도 딱히 아프지도 않았다.

"내 또 타면 안 되나?"

재훈은 붉게 타오르기 시작한 하늘을 등진 채 저를 내려다보는 소년에게 물었다.

"어, 안 된다. 앞으론 일곱 살 아래는 수레 몬 탄다."

소년은 단호하게 말했다.

바퀴 하나에 의지한 수레는 내리막길이나 작은 돌 하나에도 전복되기 쉬웠고, 그 안에 타고 있는 아이가 튕겨 나가지 않도록 단단하게 잡아주는 안전띠도 없었다. 소년으로선 이러한 결정을 내릴 수밖에 없었을 것이다. 하지만 재훈은 억울했다. 겨우 얻어 탄 수레를 제대로 즐기지도 못했는데, 앞으로 너는 탈 수 없다는 말을 들어버린 것이다. 그 몇 달 후, 이모할머니를 따라 수원에서 경성으로 이사를 한 바람에 소년이 정한 일곱 살까진 기다리지도 못했다.

그래서 더 아쉬웠다. 몇 날 며칠 부러워만 하다 겨우 딱 한 번 올라탔을 뿐인데, 그조차 제대로 타지 못하고 떨어져버렸으니 어린 마음에 쉽게 떨쳐내는 건 꽤 힘든 일이었다. 하지만 그것도 반년을 가지 못했다. 애써 노력하지 않아도 새로운 시간이 이전의 기억을 차츰차츰 덮어버렸기 때문이다.

그렇게 잊혀서는 사라져버렸던 그 수레가 다시 떠오른 건 그로부터 10년이 지난 어느 날 저녁이었다. 온통 새빨갛게 물든 하늘을 등지고 저를 패는 아버지와 그 옆에서 장단을 맞추는 할머니가 검은 그림자로만 보였던 순간, 오래전 한 발 손수레에 올라탄 제 모습이 떠올랐다. 수레의 손잡이를 잡아주었던 소년이나 수레에 함께 타고 있던 아이들은 없었다. 크고 작은 돌들을 밟을 때마다 덜컹거리는 수레는 저 혼자 위태롭게 달리고 있었고, 재훈은 그 안에 바짝 긴장한 채로 앉아 있었다. 여섯 살 재훈보다 키도, 덩치도 큰 열여섯 재훈은 수레에서 떨어지지 않았다. 손등에 파란 힘줄이 일 정도로 수레의 양쪽 모서리를 꽉 잡고선 저를 세차게 때리는 바람에 그저 얻어맞고만 있었다.

그 순간, 재훈은 깨닫고 말았다. 사실은 그날 이후로 한 발 수레에서 내린 적이 없었다는 것을.

충분하다.

이젠 한 발 수레에서 내려와.

악착같이 힘을 주며 사는 것과 열심히 사는 것은 다른 거야.

손 선생은 이렇게 말해주는 듯했다.

"가짜 성적표를 들고 그다음 날 대구로 갔지요. 대구에서도 명문 학교엔 디밀지 못하고, 삼류 고등학교에 디밀었는데, 편입 허락이 떨어졌지요."

재훈이 이 말을 할 즈음엔 그들은 이미 남성 아파트 단지 입구 앞에 서 있었다.

"진주 선생은 다시 돌아서 가야겠네."

"네. 오늘도 재미있는 말씀, 고맙습니다."

"하하. 내는 어렸을 때, 나이 많은 사람 이야기를 듣는 게 참 싫던데. 진주 선생은 참 신기하네."

"전 선생님이 신기해요. 그렇게 힘든 시절을 다 견뎌내고, 여기까지 오신 게요."

"우리 시대엔 다들 나만큼, 아니 나보다 더 고생스러웠습니다. 다들 그렇게 살았으니 내 이야기가 딱히 별스럽다고 할 수도 없지요. 진주 선생이 그 시절을 안 살았으니 그러지. 오히려 내가 보기엔 요즘 젊은이들이 더 신기해요. 뭔가가 계속 바뀌고 있는데도 우째 그리 잘 적응하는지."

"하하. 그런가요? 내일모레 요셉의원에서 봬……."

남성 아파트 앞 넓은 도로로 들어서는 구급차의 사이렌 소리에 진주의 말꼬리가 잘리고 만다. 구급차는 그대로 지나쳐 남성 아파트 입구 쪽으로 들어선다. 재훈과 진주는 구급차가 단지 내로 들어서는 것을 잠시 지켜본다.

진주는 왔던 길로 되돌아가고, 재훈은 1단지 쪽으로 걸음을 옮긴다. 그러자 방금 지나쳤던 구급차가 1단지 두 번째 출구 앞에 서 있는 것이 보인다. 직업적 특성상 일반인보다 더 자주 구급차를 보는데도 알 수 없는 불안감에 가슴 한편이 찌릿찌릿하다. 7층에 멈춰 있는 엘리베이터를 기다리는 동안에도 불안감이 쉬이 가시지 않는다. 한 층에 열 가구 이상이 있으니 남덕의 집에 일이 일어났다고 볼 수도 없다. 1층에 멈춰선 엘리베이터의 문이 열리기도 전에 안에서 울음 섞인 여자의 목소리가 들린다. 뒤이어 문이 열리자 남덕의 부인이 보인다. 경황이 없어 보이는 그녀의 시선이 향한 곳에는 의식을 잃은 채 구급용 들것에 실린 남덕이 있다.

1953년, 어른이 된다는 건

1

재훈은 제가 다니는 고등학교 근처에 하숙을 구했다. 다행히 미군 부대에서 벌어 둔 돈이 있으니 아껴 쓴다면 2년치 하숙비, 생활비, 학자금 등은 해결할 수 있지 않을까 싶기도 했다. 정 부족하다 싶으면, 주말엔 신문이라도 돌릴 생각이었다.

등교 첫날, 재훈은 2학년 3반 교실로 들어섰다. 보통 한 반에 들어 있는 책상은 육십여 개였지만, 자리에 앉아 있는 이는 오십여 명이 채 되지 않았다. 빈자리에 대충 자리를 잡고 앉아 반 분위기를 쓱 살펴본다. 곧 수업이 시작되는 시간인데도 책상에 엎드려 자는 학생들이 많다. 몇몇 학생들은 저희만 있는 듯 큰 소리로 떠들다 뭐가 우스운지 목구멍을 철사로 긁어대는 듯한 웃음소리를 내기도 했다. 그런데도 썩 나쁘진 않았다. 다른 학교에서 사고 쳐서 들어온 학생이 많은 데다 전쟁의 여파로 개판 오 분 전이라는 말을 들었던 탓에 좀 더 험악한 분위기일 거라 예상했는데, 그냥 어수선할 뿐 그리 험악한 느낌은 들지 않았다.

첫 수업은 영어였다. 영어 교사는 2학년으로 편입한 재훈을 못마땅한 눈으로 쳐다봤다.

'또 어데서 사고 치고 여까지 왔구나.'

그렇지 않고서야 이 학교로 전학 올 이유가 없다.

"전학생, 일나바라."

재훈이 자리에서 일어나자 영어 교사는 슬며시 매부터 든다. 초장에 단단히 길을 들일 생각이었다.

"이거 읽어바라."

당연히 읽지 못할 것이라 여겼다. 그런데 저보다 더 유창한 발음으로 영어 지문을 읽는 재훈에 너무 놀란 나머지 눈이 동그래졌다. 학생들 사이에서도 술렁임이 일었다.

"머꼬, 니."

"심재훈입니다."

"아니, 그게 아이라……. 됐다. 잘하네."

그날 수업을 마친 영어 교사는 교무실로 가 다른 교사들에게 '우리 학교에도 꽤 공부를 잘하는 학생이 들어온 거 같다.'고 떠벌려댔다. 그 탓에 재훈은 다른 교사들의 주목을 받게 되었지만, 그들의 기대만큼 잘 해내지는 못했다. 국어는 적당한 수준이었고, 수학은 상당히 부족했다.

"근마 그거, 밸 거 없던데."

교무실로 돌아간 수학 교사는 영어 교사에게 말했다.

"수업 태도만 좋더라."

재훈은 재훈대로 그날 학교 근처 수학 학원에 등록해 버렸다. 이후로 열아홉 재훈의 일과는 그 어느 때보다 단조로웠다. 이른 아침부터 늦은 저녁까지 학교에 있었고, 학교가 끝나면 수학 학원에 가 늦은 밤까지 있었다. 늦은 밤에 하숙집으로 돌아와서는 두어 시간은 더 공부하다 잠들었고, 이른 새벽엔 기계적으로 일어나 학교 갈 준비를 마쳤다.

재미는 없네.

한 학기가 끝날 즈음이었다. 재훈은 지루하게 반복되는 시간 속에 갇혀 있는 것 같은 답답함을 견뎌내지 못하고, 학원으로 향하던 발걸음을 중앙로 쪽으로 옮겨버렸다. 걸어서 오십여 분 거리에 있는 만경관에서 영화라도 한 편 보면 숨통이 트일 것 같았다. 아무 생각 없이 터덜터덜 걷던 재훈은 문득 명덕 사거리에 멈춰 섰다. 귀히에게 저와 같이 가자고 떼를 쓰다 혼자 울음을 터뜨리며 걸었던 길이다.

엄마는 잘 있으려나.

광화문 미군 부대에 있을 때 남덕의 충고를 듣고는 아버지와 어머니에게 각각 엽서를 한 장씩 보냈었다. 적어도 당신 아들이 잘 살아 있다는 신호 정도는 보내 주는 게 맞겠다 싶어서다. 하지만 대구로 내려온 이후에도 귀히를 찾아가 보지는 않았다. 재훈은 방향을 틀어 자전거방이 있는 골목으로 들어선다.

그냥 잘 있는지만 보자.

얼굴 좀 본다고 닳는 것도 아이고.

제 마음을 다독였지만 귀히 집 앞에 도착하고서도 선뜻 문을 두드리지는 못한다. 난감해하며 제집 식구들의 눈치를 살피는 귀히의 표정이 떠올라서다. 그런데 누군가 뒤에서 재훈의 어깨를 잡았다.

"니, 또 왔나?"

이씨다. 낮술을 했는지 낯빛이 붉고, 몸에서는 알코올 냄새가 풍긴다.

"안녕하신교."

"안녕, 몬 하다."

"아, 네."

"니 와 자꾸 여 와서는 니 엄마를 괴롭히노?"

"……."

"니가 온 날이면, 우덜이 힘들다. 니 엄마는 니 엄마가 아이고……."

건들건들 말하다 말고 휘청 옆으로 쓰러질 것 같은 남자를 재훈이 재빨리 잡는다.

"잡지 마라."

남자는 재훈의 손을 뿌리치더니 길바닥에 털썩 주저앉아버린다.

"오지 마라."

재훈은 남자를 내려다보며 깊은 한숨을 내쉰다.

"알겠나? 니가 오면……. 니 엄마가……."

"……."

"내도 힘들고, 그 여자도 힘들고, 니도 힘들고……. 시상 모두가! 모두가 힘들다 아이가!"

혼잣말처럼 중얼거리던 남자는 갑자기 버럭 고함을 질러대며 바닥에 손을 짚고는 일어나려 애쓴다. 재훈은 재빨리 한발 물러서서는 귀히 집을 한 번 쳐다보고는 그대로 돌아선다.

"야, 이 개새끼들아. 시상 꼴 잘 돌아간다!"

술에 취한 남자의 증오에 찬 넋두리는 재훈이 자전거방 모퉁이를 돌 때까지도 이어졌다.

찾아가는 게 아인데.

하숙집으로 돌아가는 길 위에서 재훈은 이를 악문다.

니가 아가? 바보멍충이. 니 나이가 몇인데 아즉도 엄마를 찾고 지랄이고.

머리로는 이제 더는 엄마에게 메이지 말아야 한다는 생각을 하고는 있지만, 마음속엔 여전히 다섯 살 아이가 꿈틀거리며 살아 있는 것 같다. 제 마음이어도 제 마음을 핸들링할 수가 없다.

한 번을 쉬지 않고 정신없이 걷다 보니 하숙집이 보인다. 그리고 그 앞에서 서성이는 남자를 발견한다. 남자도 재훈을 발견하곤 재훈 쪽으로 걸어오며 말한다.

"교복 입은 모습, 보기 좋네."

2

남덕은 미군 부대에서 나와 대전에 사는 미국인 의사의 운전기사로 일하기로 되어 있었다. 일 시작 전에 고향인 양산으로 가는 길에 재훈을 보고자 대구에 잠시 들른 것인데, 하숙집 주인장에게 재훈이 없다는 말을 듣고는 실망하던 차였다.

"여 주인장이 니 늦게 올 거라 케서, 마, 가뿔라 켔다."

"어쩐지. 오늘 학원에 가기가 싫더라니. 일단 드가자."

"밥은 묵었나?"

"아즉. 행님도 빈속이제? 일단 내 방 구경부터 하소. 그동안 내는 옷 좀 갈아입고. 술 한잔 해야 하는데, 이 꼴로 우째 가겠노."

재훈은 남덕을 슬레이트 이층집 측면의 가파른 철계단 쪽으로 데리고 간다.

"주인집과 들어가는 문이 다르네."

"어, 그래서 여서 사는 기다."

옥상에 오르자 판자와 슬레이트로 대충 만든 것 같은 창고 같은 건물이 나온다. 재훈을 뒤따라 들어선 남덕은 백열등 아래 드러난 방의 분위기부터 살핀다. 천장이 낮아 허리를 살짝 굽히고 걸어야 하는 것만 빼고는 썩 나쁘지 않은 분위기다. 세 평 남짓한 방은 생각보다 깨끗했고, 문 맞은편으로 작은 창이 하나 있어 환기에도 문제없는 듯했다. 재훈이 옷을 갈아입는 동안 남덕은 오동나무 책상 쪽으로 다가선다. 책상 위엔 교과서들이 질서정연하게 놓여 있다.

"딴 거 몰라도 니 책상은 내가 사 주고 싶었는데."

"대학 가면 더 좋은 것으로 사도."

"대학꺼정 가게?"

"그러려고 핵교 댕기는 기다."

"맞나? "

"됐다. 다 갈아입었다. 나가자."

하숙집을 나선 재훈과 남덕은 근처 먹거리 골목 쪽으로 걸음을 옮긴다. 미군 부대 시절, 둘은 곧잘 시내에 나가 별 목적 없이 어슬렁어슬렁 걸으며 '뭐 맛난 거 없나, 뭐 재미있는 거 없나.'라는 말을 하며 눈에 띄는 가게가 보이면 누가 먼저라고 할 것 없이 들어서곤 했었다. 하지만 지금 둘 다 습관처럼 달라붙었던 말을 꺼내지 않았다.

"오늘 엄마한테 갔었다."

재훈은 고백하듯 말을 꺼낸다.

"맞나? 잘 계시더나?"

"몬 봤다."

"와?"

"영감만 있더라."

"맞나. 속 시꺼러웠겠네."

"짜달씨리 시꺼럽진 않았고. 기냥, 맴이 안 조터라."

"니, 그거 아나?"

"머?"

"니 어른이다."

"믄 소리고?"

"니가 열여덟이든, 열아홉이든, 그런 건 하나도 안 중요하다. 니는 니 먹을 거 니가 벌어서 안 사나? 어른이 밸 거가. 지 몸 지가 책임지면 어른이다."

"맞나?"

"맞다."

"어른인데……. 엄마는 와 자꾸 보고 싶노?"

"어른은 엄마 없나? 아재든 할배든 죄다 지 엄마는 보고 싶어할 끼다."

"맞나?"

"맞다."

"오늘 쫌 웅성시러웠는데……. 행님 덕분에 마이 풀리네."

"맞나?"

"맞다."

둘은 피식 웃고 만다.

그날 밤, 남덕은 막차를 타고 부산으로 내려갔다. 재훈은 하숙집 옥탑방으로 들어와서 몇 분 지나지 않아 책상 위에 덩그러니 놓여 있는 봉투를 발견했다. 봉투 속에는 50달러와 함께 쪽지가 들어 있다.

얼마 안 되지만, 학비에 보태 쓰라. 남덕.

재훈은 큰맘 먹고 산 오동나무 책상 서랍에 돈과 쪽지를 가지런히 넣고는 벽에 기대어 앉는다.

"아이구야. 낸중에 열 배로 돌려줘야겠다."

그날이 남덕과의 마지막 날인 줄은 꿈에도 생각하지 못하고, 재훈은 중얼거린다.

2015년 6월, 힘들었제, 니 맘 안다

1

2015년 6월 3일. 재훈은 인천공항에 도착했다. 공항 밖 리무진 버스 정류소로 나가자 아직 덜 여문 여름 바람이 뺨을 슬쩍 치대나 싶더니 곧바로 사라져버린다. 그리 뜨겁지도 않고, 그리 습하지도 않아 딱 좋은 날씨다. 인향이 함께였다면, '날이 참 좋네.'라고 한마디 했을 것이다. 하지만 매년 함께 한국으로 와주었던 인향은 지금 뉴저지의 막내딸 집에 있다. 재훈은 6015번 버스가 5분 후에 온다는 것을 확인하곤 막내딸에게 전화를 건다.

"내는 잘 도착했다. 엄마는?"

"계속 아버지 찾으시다가, 방금 잠드셨어요."

"그래. 내 가기 전까지 수고해도."

"수고는요. 모처럼 엄마랑 같이 있을 수 있어서 좋기만 한걸요."

"고맙다."

통화가 종료되자 핸드폰 홈 화면의 사진이 뜬다. 뉴저지 남쪽 바닷가의 한 마을에서 병원 문을 연 첫날 찍어 두었던 사진이다. 1973년, 봄이 시작될 무렵, 재훈은 길모퉁이의 꽤 큰 주택을 개조해 병원을 만들었다. 미국 이민 생활을 시작한 지 5년을 조금 넘긴 때였고, 마흔을 앞둔 나이이기도 했다.

'한국에 계속 살았다면, 벌써 개업했을 텐데.'

의사 생활 6년 만에 처가살이를 벗어나 가족과 함께 살 집도 장만했고, 작으나마 병원도 개업할 예정이었다. 그런데 이 계획을 바꾼 건 미국에 사는 인향의 사촌이 잠시 한국을 방문했을 때 들은 이야기 때문이었다.

- 자네, 미국에 오는 것은 어떻겠는가?

미국은 1955년부터 베트남과 전쟁 중이었다. 이 전쟁으로 미국의 젊은 의사들 상당수가 베트남에 파견되었기에 병원마다 의사 부족 현상을 겪고 있다는 것이다. 미국 의사 자격시험을 통과하면 일을 구하는 것은 어렵지 않다는 말에 재훈의 귀가 솔깃해졌다. 하지만 가족과 함께 살 집도 장만한 데다 개업까지 염두에 두고 있었던 상황이었다. 무엇보다 단 몇 달이라도 가족과 떨어져 지내고 싶지가 않았다. 6개월을 고민했다. 그러다 '에라, 모르겠다. 가자.'라고 결심한 데에는 아이들의 장래가 있었다. 나는 온갖 일을 다 겪고, 남의 집에서 눈칫밥을 먹고, 지독한 가난 속에서 살아야 했지만, 내 아이들만큼은 다른 삶을 살게 해주고 싶다, 같은 바람이 망설임을 툭 밀쳐버린 것이다. 그 과정에서 인향은 '이래도 좋고, 저래도 좋으니, 당신 결정을 따르겠다.'는 말로 재훈에게 모든 선택권을 넘겼다.

인향은 그런 사람이었다. 재훈을 믿어주고, 기다려주었다. 어떤 측면에선 재훈보다 한 수 위이기도 했다. 어쩌다 싸우기라도 하면, 사과하는 쪽은 늘 재훈이었다. 무엇보다 그녀는 재훈의 나쁜 점을 천천히 고쳐나가도록 만드는 훌륭한 조련사이기도 했다. 이 때문에 재훈은 '내가 당신 덕분에 사람이 되어간다.'고 짐짓 농담처럼 말하기도 했지만, 사실상 그는 진심으로 인향이 없었다면, 지금의 자신도 없었을 것이라는 생각을 하고 있었다. 그랬기에 미국에서 홀로 지내야 했던 첫 1년은 그에게 상당한 고통의 시간이기도 했다.

하지만 그는 이를 악물고 공부에 매달렸다. 다섯 명이 시험을 치면 한 명만 합격할 정도로 만만치 않았던 시험이기에 한시도 게으름을 피울 수가 없었다.

다행히 재훈은 1년 만에 미국 의사 자격시험에 통과했고, 그다음 해부턴 아내와 큰딸, 두 아들, 장모를 차례로 미국으로 초대할 수 있었다. 막내딸은 레지던트 생활을 할 즈음에 태어났다. 사 남매의 아버지가 된 데에다 장모까지 모시게 되었으니 당연히 생활비가 많이 들 수밖에 없었다. 레지던트 월급만으로는 충분하지 않았기에 그는 주말엔 다른 병원의 야간 당직 의사로 일하기 시작했다. 1975년에야 끝난 미국 - 베트남 전쟁 때문에 일을 구하는 것은 어렵지 않았다. 그렇게 정신없이 5년 이상을 일했더니 길모퉁이의 꽤 넓은 주택을 대출을 끼고 살 수 있을 정도의 돈이 수중에 모였다. 그렇게 제 병원을 가지게 된 날, 재훈은 감격에 겨워 병원의 간판이 보일 수 있게 사진을 찍어 둔 것이다. 그때 그의 옆에는 인향이 있었다.

- 다 자네 덕분이다.

재훈은 인향의 손을 꼭 잡아주었다.

- 자네가 진짜 고생 많았다.

6015번 버스는 제시간에 도착했다. 재훈은 짐칸에 가방을 넣은 후 오른쪽 맨 앞자리에 앉는다. 서울로 들어서는 길을 하나라도 더 눈에 담고 싶어서다.

'마지막일까.'

1968년 미국으로 가는 비행기 안에서도 그는 이런 생각을 했었다. 지금에야 비행기를 타는 게 그리 어려운 일은 아니지만, 당시엔 한국을 한번 떠나면 다시는 돌아오지 못할 줄 알았다. 그런데도 그가 미국행을 결심했던 건 제 아이들이 저와는 다른, 조금은 더 나은 환경에서 살 수 있기를 바라서였다. 아마도 그 날, 그 소녀를 만나지 않았더라면, 그는 여전히 저와 제 가족에게만 집중한 삶을 살았을 것이다.

2

병원을 개업한 지 반년이 지난 어느 날 저녁이다. 재훈은 모든 진료를 마치고서도 진료실에 앉아 있다. 의자 깊숙이 앉아서는 아무도 없는 공간의 고요를 제 몸과 마음에 충전한다. 그에게 이 시간은 그날의 고된 일정을 정화하는 가장 좋은 방법이기도 했다. 그런데 문이 열리는 소리가 들리나 싶더니 열 살 남짓한 여자아이가 들어섰다.

동양인 아이.

뉴저지는 다양한 인종이 사는 지역인 만큼 그의 병원을 찾는 이들의 생김새나 피부색도 다양하다. 그러니 딱히 특별할 것도 없지만 문제는 간호사의 안내나 어른 보호자도 없이 홀로 들어섰다는 것이다.

"우리 아빠가 아파요."

여자아이는 재훈과 눈이 마주치자마자 대뜸 한국어로 말한다. 야무진 목소리와 달리 곧 울음을 터뜨릴 것 같은 표정에 눈동자는 불안하게 움직이고 있다. 재훈은 아이가 놀라지 않도록 조심스럽게 일어나서는 아이 곁으로 다가선다.

"이름이 머꼬?"

"윤서요."

"그래, 윤서야. 아부지는 어뎄노?"

"집에 있어요."

"니가 여 온 거는 아나?"

"몰라요. 아빠가 아파요. 배가 너무 아파서 일어설 수가 없대요. 며칠 전부터 계속 아팠는데, 병원엔 갈 수 없다고……."

결국, 아이의 눈에선 닭똥 같은 눈물이 뚝뚝 떨어지고 만다. 재훈은 아이의 등을 토닥여주곤 진료 가방을 챙긴다.

"아부지한테 가보자."

재훈이 윤서를 따라간 곳은 병원에서 5분 거리에 있는 낡은 아파트다. 삐걱거리는 나무 계단을 밟고 2층 복도로 들어선 아이는 맨 끝쪽에 있는 문을 연다. 그러자 어둡고 좁은 공간이 드러난다. 부엌이따로 없는 원룸이다. 마땅한 가구라곤 벽에 바짝 붙은 철제 침대와어디서 주워 온 것 같은 낡은 소파와 탁자뿐이다. 탁자 위에는 영어동화책과 영어 소설책 같은 게 대여섯 권 널브러져 있다. 다른 쪽 벽엔 부녀의 옷들이 걸려 있다. 현관문과 마주 보는 벽에 하나 있는 좁은 창은 굳게 닫혀 있다.

남자는 철제 침대에 누워 있다. 사람의 기척을 느끼고선 일어나 앉으려는 것을 윤서가 말린다.

"의사 선생님 데려왔어."

남자는 처음엔 놀라는가 싶더니 곧 '우리 아이가 실례를 저질렀습니다.'라고 힘없는 목소리로 중얼거리곤 눈으로 인사를 건넨다. 재훈은 복통이 시작된 시기, 지속시간, 통증의 정도와 위치 등을 물은 후 진통제를 처방해 준다. 하지만 이는 어디까지나 응급처치일 뿐이다.

"내일 우리 병원으로 와요. 돈 걱정 같은 거 하지 말고 부담 없이 와요. 다른 건 몰라도 윤서를 잘 보살피려면 선생님 몸부터 챙겨야지, 안 그래요?"

"네. 감사합니다. 선생님."

재훈은 남자의 집에서 나와 병원 쪽으로 발걸음을 돌린다. 이삼년 전부터일 것이다. 뉴저지에서도 한국인 이민자가 제법 많이 보이기 시작한 것은. 그들 덕택에 재훈은 한국의 상황을 귀동냥으로나마 들을 수 있었다. 학생들이 독재 정권에 맞서 민주화 항쟁을 펼치고 있다거나 산업화로 성장세를 보이던 한국 경제가 석유 위기에 발목을 붙잡혀 일자리를 구하기 힘들다거나. 어떤 이는 정치적 탄압을 피해, 어떤 이는 일자리를 구하기 위해 미국으로 왔다고 했다. 한국에서 어떤 교육 과정을 밟았든, 어떤 일을 했든 미국 땅을 밟은 순간 이들 모두는 한 발 바퀴 손수레에 올라탄 것처럼 위태로운 시간을 견뎌내야 했다. 힘겨운 노동이나 지독한 빈곤에 사회적 소수자이자

약자로서 느낄 수밖에 없는 소외감까지.

재훈은 진료실로 들어서고서도 불을 켜지 않는다.

철제 침대에 누워 있던 남자의 얼굴에 제 얼굴이 겹쳐진다.

뭐가 다른가. 다르지 않다.

그의 얼굴은 자신의 얼굴이기도 했다.

가난한 나라를 떠나 먼 이국땅까지 온 이들의 삶은 고단했다. 개중에도 고난의 농도는 다 달랐다. 운이 나쁜 누군가는 벼랑 끝에 위태롭게 서 있고, 운이 좋은 누군가는 벼랑 아래에서 한숨을 돌릴 뿐이다.

가슴이 답답하다. 열심히 달려서 여기까지 왔는데, 그 과정에서 뭔가를 놓친 기분이다. 절로 나오는 무거운 한숨만 바닥에 깔리는 가운데 전화벨 소리가 시끄럽게 울린다.

"아즉 병원인교?"

인향이다.

"거서 머하는교?"

올 때가 되었는데 안 와서 혹시나 하고 전화를 걸어본 것이라는 말을 하는 인향의 모습이 눈에 선하게 잡힌다. 가족의 저녁을 차려준 뒤 저는 아직 오지 않은 재훈을 걱정하며 창밖으로 몇 번이나 얼굴을 디밀었을 것이다. 그러다 결국 수화기를 들고 다이얼을 돌리는 그녀의 얼굴엔 살짝 불안감이 감돌았을 것이고, 이쪽에서 전화를 받자 적잖이 안심한 표정으로 테이블 옆에 앉았을 것이다.

"인향아."

재훈의 목소리는 나지막하다.

수화기 저편에선 살짝 긴장감이 감돈다. 인향은 재훈에게 무언가 마음의 변화가 일고 있음을 눈치챈다. '여보', '자네'와 같은 단어 대신 제 이름을 부르는 것은 바로 그 신호다.

"자네, 기억하제? 우리가 결혼한다고 했을 때, 자네 육촌 오빠가 쌍심지를 켜고 반대했던 거."

"하하하. 그걸 아즉도 마음에 담아 뒀나?"

"마음에 담아 둔 게 아이라……. 갸도 그럴 만했제."

"그 야그는 와 하는데?"

"그때만 해도 내는 다른 사람이 반대할 정도로 나쁜 놈이었다고."

"당신, 그런 놈 아인데."

"그때 그랬다고."

"그때도 그런 놈 아녔다고."

답지 않게 고집스러운 목소리에 재훈은 그만 웃고 만다.

'맞다, 맞다. 우리 마누라가 내캉 결혼하기 전만 해도 지 의견을 야물딱지게 말하는 사람이었제…….'

*

재훈이 인향을 처음 만난 곳은 클래식 음악을 주로 틀어주는 다방 '녹향'이었다. 당시 녹향은 예술가, 대학생 등의 사랑방 같은 곳이었기에 재훈도 그 이름 정도는 알고 있었다. 의대 예과를 다니는 동안엔 입주 가정교사, 영어 교사 등의 일을 하느라 바빴고, 예과를 겨우 마치고 본과에 올라갈 즈음엔 학비 조달이 너무 힘든 나머지 휴학을 염두에 두고 있었다. 다방에서 사 먹는 커피 한잔 값도 아쉬울 때였다. 그런데 한 날, 동급생 경종이 '가끔은 사치 좀 해도 괜찮다.'며 그를 녹향으로 데려갔다. 말로만 듣던 녹향은 지하에 있었다. 좁고 가파른 계단을 내려가 문을 열자 은은한 조명 아래 차분히 가라앉은 것 같은 공간이 드러났다. 어두운 벽면에는 액자가 걸려 있었고, 곳곳의 소파에는 사람들이 자유롭게 앉아 담소를 나누거나 음악을 듣고 있었다. 한 발 안으로 들어서자 LP판의 트랙이 바뀌며 이제껏 한 번도 들어본 적이 없는 섬세하면서도 경건한 선율이 흘러나왔다. 처음 듣는 선율에 어쩐지 마음 한쪽이 간질거려 저도 모르게 멈칫 서서는 귀를 기울였다.

"슈베르트의 아베마리아네."

옆에서 경종이 조용히 말해주었다. 친구의 말을 입 모양으로만 두어 번 되새기던 재훈은 문 앞에서 멀지 않은 곳에 앉아 있는 여자와 문득 눈이 마주쳤다. 여자는 문이 열리는 기척에 돌아본 것이지만 뭔가 홀린 듯한 표정으로 서 있는 재훈을 발견하곤 계속 보고 있었다. 하지만 재훈과 눈이 마주치자마자 그녀는 화들짝 고개를 돌려버린다. 재훈도 재빨리 경종 쪽으로 고개를 돌렸으나 지나치게 그녀를 의식한 나머지 귓불이 빨개지고 만다.

'애인일까?'

여자의 맞은편에는 꽤 잘생긴 청년이 앉아 있었다. 어두컴컴한 다방에 앉아 있는 남녀의 관계가 몹시 궁금하다.

'내도 미쳤제. 기면 어떻고, 아이면 우쩔 낀데.'

이런 생각을 하는데 경종이 남자에게 다가선다. 남자도 경종을 알아보곤 반갑게 인사를 나눈다. 그제야 둘이 친구 사이라는 것을 눈치챈 재훈의 심장이 두근거린다. 그저 지나칠 수밖에 없는 사람이려니 생각했는데 뜻하지 않게 그녀와의 연결 끈이 생겨버린 것이다.

"합석해도 괜찮으면 여 와 앉아라."

남자가 먼저 권했다.

"괜찮겠나?"

경종이 물었다.

"어? 어."

재훈은 짐짓 들뜬 마음을 숨기고 허락한다. 그렇게 합석을 하게 된 네 사람이 자기소개부터 한 덕에 재훈은 여자의 이름이 인향이라는 것과 그녀가 경대 사대 생물학과에 다니고 있다는 것을 알게 되었다. 인향과 함께 있던 남자의 이름은 창영으로 그녀의 사촌이라는 말을 듣고는 남모르게 안도의 한숨을 내뱉었다.

"두 놈 중 누가 더 낫노?"

한참 대화를 나누던 중 창영이 인향에게 장난스럽게 물었다. 순간 저도 모르게 불끈 손을 쥘 정도로 긴장한 재훈은 숨까지 혁 멈추곤 인향을 쳐다봤다. 인향은 웃음기를 살짝 머금은 얼굴을 하고선 재훈을 가리켰다.

"저놈 아가 더 낫다."

이후로 둘은 자연스럽게 연인 사이로 발전했다. 그런데 이 소식을 알게 된 인향의 육촌이 그녀에게 한달음에 달려가 말렸다.

"니, 심재훈이 누군지 알고 그놈아캉 연애하노. 가가 예전에 지 친구를 찌른 놈이다. 또 성질은 얼매나 못된 줄 아나?."

재훈과 동급생이었던 육촌은 재훈이 다른 학생들과 곧잘 싸우는 모습을 보곤 제 딴엔 육촌 여동생의 앞날을 걱정해 이렇게까지 말한 것이다. 나중에 이 말을 들은 재훈은 인향에게 솔직하게 고백했다.

"내가 모가 마이 난 사람이다. 니 오빠 말이 맞다. 내캉 결혼하면 니가 쉽지 않을 끼다."

그러자 인향은 망설이는 기색 하나 없이 이렇게 대꾸했다.

"그런 거 내는 모르겠고, 지금 내 마음에 든 사람은 니다."

*

"와, 말이 없는교?"

수화기 저편에서 인향이 묻는다.

"인향아."

"말해바라."

"내는 자칫 잘못하면 깡패가 될 수도 있었던 사람이다. 의사가 될 상황이 아닌데도 의사가 된 건 하나님의 은혜가 아니겠나. 당신을 만난 것도, 당신 덕분에 내가 이만큼 사는 것도."

"그건 당신이 그만큼 열심히 살았으니까……."

"자네 말도 맞다. 그런데 자네도 알지 않나? 세상 사람 모두 열심히 살고 있다. 열심히 사는 만큼 잘되면, 누가 세상을 불공평하다고 하겠노. 다 제 마음처럼 좋은 결과를 가질 수 없는 게 문제지."

"……. 당신이 무신 말을 하는지는 알겠는데……. 집에서 말하면 될 걸, 굳이 통화 중에 이런 말을 하는 이유가 믄교."

"우리 병원에 오는 한국인 환자는 돈 안 받을란다."

"……."

"아무리 생각해도 신이 우리만 잘 묵고 잘 살라고 내 같은 놈을 의사로 만든 것 같지가 않다. 내는 나중에, 더 나이가 들면 의료봉사를 할 생각이었는데, 이런 생각이 무슨 소용이고. 지금 하지 못하는 일을 나중에는 하겠나. 또 나중에 할 수 있는 일이라면, 지금 몬 할 이유가 머겠노. 그래서 말인데……. 내는 여 사는 한국인들에게 진료비를 받고 싶지가 않다. 허락해도."

"이미 결정해 놓고 허락은 무슨……. 뭐……. 당신 말대로 나중에 할 수 있는 일을 지금 몬 할 이유는 또 머 있겠는교. 하면 되지. 그건 그렇고 그 말을 얼굴 보고 하기 그리 힘들었나. 와, 내가 머라 할까 봐?"

"그건 아인데……. 마침 이런 생각을 하던 참에 전화가 왔네."

"어서 와요. 머라 안 하니까."

이후로 재훈은 제 병원을 찾는 한국인에겐 진료비를 받지 않았다. 뉴저지에 사는 한국인 모두가 가난하기만 한 것은 아니었지만, 누구는 돈을 받고 누구는 돈을 받지 않을 수는 없는 노릇이었다. 무엇보다 제 병원을 찾는 이가 '돈이 없기에 무료로 진료받는 처지가 되었구나.' 같은 생각을 하지 않았으면 했다.

문제는 이런 일이 모든 이에게 좋지만은 않았다는 것이다.

"저가 뭐가 잘나서 돈을 안 받나?"

"낯선 땅에서 잘난 척을 오지게 하네."

부근의 한인 의사 중 몇은 불쾌감을 감추지 않고 이렇게 말하기도 했다. 재훈은 그들로선 충분히 할 수 있는 말이라고 생각했다. 어찌 되었든, 재훈은 그들에게 갈 수도 있는 고객의 발걸음을 제 병원으로 돌린 셈이었으니 이러한 비난 역시 제 몫이라 여기면 딱히 마음 상할 일도 없었다.

3

공항 리무진에서 내린 재훈은 A 호텔로 발걸음을 옮긴다. 재훈은 매년 한국에 올 때마다 A 호텔 주차장 뒤편의 장기 투숙자 아파트에 머물렀다. A 호텔을 운영하는 육촌 동생 윤호의 배려 덕분이었다. 호텔 로비로 들어서자 그와 친분이 있는 지배인 김이 인사를 건넨다.

"이번엔 혼자 오셨습니까?"

"그렇게 됐어요."

재훈은 그와 몇 마디 안부를 주고받고는 바로 들어섰다. 아직 영업을 시작하지 않아 휑하니 빈 바의 안쪽에 앉아 있는 윤호의 등이 보인다. 그에게 다가가 어깨를 살짝 잡는다.

"좀 늦었제?"

"그러려니 했심더. 행수님은 숙소에 먼저 가 계신교? 와 혼잔교?"

"안 그래도 그 때문에 만나자고 한 거다."

재훈이 자리에 앉자 윤호가 위스키 잔을 건넨다.

"무신 일 있어요?"

"요셉의원에서 일하는 건 이번 해가 마지막이 될 것 같네."

윤호는 그저 고개만 끄덕인다. 사실 별로 놀랄 일도 아니다. 올해로 재훈의 나이가 여든이다. 수년 전부터 내년에도 올 수 있을까, 재훈 모르게 걱정했었다.

"행님, 어데 아픈교?"

"안사람이 아프다."

"우쩌다……."

"우쩌다가 어뗐겠노. 그럴 나이인 거지. 저나 나나."

"어데가 편찮으신교?"

두어 달 전이었다. 인향은 치매 전조 현상을 보이기 시작했다. 방금 밥을 먹었는데도 저는 먹은 적이 없다고 할 때부터 이상했다. 그런데 며칠 전 산책하다 집을 찾지 못해서는 한 시간이나 헤맸다는 말을 듣고는 치매일 수도 있겠다 싶었다. 그길로 병원에서 검사받은 결과 치매 초기였다.

"이번에 여기 일 정리하려고 왔다. 자네한테도 직접 말하는 게 도리인 것 같고. 그동안 우리 부부가 여 와서 편안하게 머물 수 있었던 건 다 자네 덕분이다."

"행님이 그냥 온 것도 아이고, 의료봉사하러 오신 건데……. 이쯤이야."

"그케도. 호텔을 운영하는 사람이 방을 그냥 내주는 게 어디 쉬운 일인가."

"그럼 앞으론 한국에 몬 오는교?"

"글쎄. 지금은 안사람 옆에서 안사람하고만 시간을 보내야지 싶네. 내중 일까진 모르겠고. 안사람도 안사람이지만, 내도 당장 내일을 기약할 수 있겠나."

"행님은 오래 건강하게 사셔야죠. 아무튼 한국 오시면 무조건 여서 머문다 생각하시고."

재훈은 어릴 때 별 교류가 없었는데도 이처럼 마음을 써주는 남자의 등을 토닥인다.

"고맙네. 그 마음이 고맙네."

2015년 8월, 살아 있으매

1

유난히 뜨거운 공기에 숨통이 콱콱 막히는 팔월 중순의 어느 날, 작년에 재훈이 치료했던 구씨가 건강음료를 사 들고 찾아왔다. 구씨는 요셉의원을 찾는 이들 중에서도 꽤 젊은 축에 속했는데 영등포 쪽방촌의 주민이기도 했다. 신용불량자인 데다 일을 찾지 못해 경제적 어려움을 겪고 있는 상황에서 당뇨병까지 앓고 있었다. 그런데 그가 직장을 구했다며 감사 인사차 찾아온 것이다.

"선생님 덕분입니다."

그 자리에서 절까지 하러 무릎을 굽히는 구씨를 재훈이 얼른 제지한다.

"구 선생님이 잘 이겨낸 거죠. 잘했어요. 그동안 고생 많았어요."

병을 진단하거나 치료하는 것은 의사일지 몰라도 그것을 이겨내고 극복하는 것은 순전히 환자의 의지다. 그렇다는 것을 알고 있기에 재훈은 젊은 사람이 제 고난을 극복하고 일어나준 것만으로도 감사할 따름이었다.

"사실 몇 번이나 죽고 싶었는데……. 선생님께서 너무 친절하고, 따스하게 대해주셔서 용기를 가졌습니다."

"살아서 얼마나 다행입니까? 죽으면 이런 기회도 없지요."

"네. 선생님. 지금은 진짜 다행이라고 생각합니다. 선생님도 내내 건강하게 오래 사십시오."

구씨의 인사에 재훈은 그만 웃고 만다.

언제부터인가 사람들은 마치 약속이라도 한 듯 제게 '내내 건강하게 오래 사십시오.'라는 인사말을 하기 시작했다. 어떤 사람과 어떤 대화를 나누든 그 끝에 나오는 말은 다르지 않았다. 누가 봐도 늙은 자신의 모습 때문일 것이다. 나이 든 이에게 가장 유용하다고 여겨지는 그 인사말이 오히려 저의 늙음을 환기하는 버튼이 된다는 것도 모른 채. 사람들은 저도 의식하지 못한 사이에 늙음과 죽음을 한 꾸러미로 보고 있었다.

늙는다는 건 확실히 죽음과 더 가까워지는 것이긴 하다. 비단 저의 죽음만이 아니었다. 살아온 시간이 긴 만큼 가까운 이들의 죽음을 접하는 일이 많아졌고, 그들이 죽을 때마다 재훈은 운 좋게 살아남은 자가 되어버렸다.

그래서 그는 진정한 죽음을 경험한 적이 없었다. 다른 이의 임종을 지켜보거나 다른 이의 부고를 듣고 장례식장에 가거나 다른 이에게 의사로서 사망 선고를 내려야 했을 때도 그가 경험한 것은 타인의 죽음일 뿐이다. 이 때문에 죽음은 주변에서 일어난 사건에 불과

하지만, 이러한 사건이 나이에 비례해 더 빈번히 일어났다. 자연스럽게 저의 죽음에 대해 생각하지 않을 수가 없었다.

- 혹여 내가 의식을 잃고 쓰러지거든, 억지로 살리려 애쓰지 마라.

재훈은 한 날 가족에게 유언처럼 이 말을 하기도 했다. 짐승도 자기가 죽을 때가 되면 자연의 이치로 받아들이고 제 죽을 자리를 찾는데, 하물며 인간인 자신이 제 의지와 상관없이 끈끈이에 붙은 파리처럼 숨만 붙은 채 사는 것만큼은 피하고 싶었다. 영혼이라는 존재가 죽음을 맞이했는데, 의학적 기술로 남루한 신체의 생명을 연장하는 것이 무슨 의미인가.

'죽을병이다 싶으면, 그날로 곡기를 다 끊을 생각이다.'

하지만 이조차 그리 쉬운 일은 아닐 것이다. 그러기 위해선 제 의식을 단단히 쥐고 있어야 하는데 갑자기 들이닥친 병은 사람의 명료한 의식부터 끊어버리는 경우가 많다. 수년 전 남덕이 뇌졸중으로 갑자기 세상을 떠났던 것처럼, 지금 인향이 제정신을 놓치고 만 것처럼.

재훈은 구씨가 나간 후에도 몇몇을 더 진료하고서야 그날의 일과를 끝낸다. 여느 때와 다름없이 테이블을 정리하고 가방을 챙긴다. 그와 때를 맞춰 율리아나 수녀가 들어선다.

"가볼까요?"

재훈의 말에 율리아나 수녀는 고개를 끄덕인다.

*

이번 한국 방문에서 재훈은 거의 모든 저녁을 사람들과 만나는

데 할애하고 있었다. 그를 아는 이들은 '이번을 마지막으로 요셉의
원을 그만두기로 했다.'는 그의 말을 '앞으론 한국에 올 수 없다.'는
뜻으로 이해한 듯했다. 그래서인지 이들은 대뜸 저녁 약속부터 잡았
고, 재훈도 흔쾌히 사람들과 만났다.

오늘 저녁을 함께 먹기로 한 이들은 율리아나 수녀와 진주였다. 율
리아나 수녀는 매년 요셉의원에서 볼 수 있었지만, 진주는 밖에서 따
로 만나지 않으면 볼 기회가 없었다.

"선생님!"

영등포 근처의 한 레스토랑으로 들어가자 먼저 와서 기다리고 있
던 진주가 반갑게 손을 흔들며 일어섰다.

"저 친구도 참 여전히 발랄하죠?"

율리아나 수녀의 말에 재훈은 빙그레 웃는다. 처음 만났을 때만
해도 이십 대 초반의 학생이었지만, 지금은 서른이 넘은 직장인이 되
어 있다. 대학 졸업 후에는 글만 쓰고 싶다며 직장엔 들어가지 않으
려 나름 악착같이 버텼으나 현실적으로 그게 그리 쉬운 일만은 아니
었을 것이다.

저 취업했어요. 출판사에.

3년 전, 진주는 미국에 있는 재훈에게 전화로 제 근황을 말해주곤
이렇게 덧붙였다.

그래도 선생님. 글은 계속 쓸 거예요.

하고 싶은 일과 해야만 하는 일, 제 의지로 할 수 있는 일과 노력
만으론 할 수 없는 일. 이 사이에서 헤매다 보면, 자기가 만든 감옥
에 갇히기도 하겠지만, 그 감옥의 문을 여는 것도 결국 자기 자신뿐

이다. 그렇다는 것을 알기에 재훈은 그저 '진주 선생님은 잘할 수 있을 거예요.' 라는 말로 그녀에게 힘을 보태주고자 했다.

세 사람이 한자리에 모인 것은 오랜만이라 온갖 이야기가 테이블 위에서 뛰논다. 한국의 여름은 습기가 많아 더 덥게 느껴진다는 이야기부터 각자가 보내는 시간과 앞으로의 계획까지, 마치 오늘만 있는 것처럼 다들 열심히 대화에만 집중한다.

그렇게 세 시간인가 지날 무렵이다. 진주는 가방에서 A4 용지 묶음을 꺼내서는 재훈에게 건넨다.

"이게 뭐고?"

재훈의 질문에 진주는 수줍게 웃는다.

"보시면 알 수 있을 거예요."

인쇄된 글자가 빽빽하게 채워져 있는 종이의 몇 문장만 읽고도 재훈은 그만 웃음을 터뜨리고 만다.

"내가 이렇게 말을 많이 했어요?"

자신의 이야기가 활자로 정리되어 있는 것보다 그 양에 새삼 놀랍다. 대부분은 진주의 요청에 대응하는 형식으로 예전 이야기를 풀어놓은 것이라 하더라도 지나치다 싶을 정도다.

"지금 드린 건 선생님께서 해주신 이야기를 정리해 둔 거예요."

"오. 진주 씨. 그동안 들은 이야기를 다 기록해 두었던 거야?"

율리아나 수녀도 깜짝 놀라서는 A4 용지 묶음을 살펴본다.

"네. 선생님께 뜻깊은 선물을 드리고 싶어서. 그리고 부탁도 드리려고요."

진주가 말하기도 전에 재훈은 진주의 부탁이 무엇인지 눈치챈다.

그도 그럴 것이 수년 전부터 진주는 재훈의 이야기를 소설로 쓰면 좋겠다는 말을 몇 번이나 했었다. 사실 재훈도 제 인생을 글로 기록하고 싶다는 생각을 한 적이 있기는 하다. 멀미가 날 정도로 요동쳤던 삶을 비교적 명료하게 기억하고 있어서만은 아니었다.

재훈은 기억이라는 게 조작이 쉽다는 것을 안다. 세월 속에서 이리 깎이고, 저리 깎이다 보면 본래의 모습은 어디론가 사라지고, 제가 그럴 것이라 여기는 모습으로 변형되어 저장되기 마련이다. 그렇기에 '명료하게 기억하고 있다.'는 '적어도 나는 당시의 일을 그렇게 알고 있다.'에 불과하다. 그렇다 하더라도 당시 느낀 감정만큼은 오롯이 자신의 것이었고, 그것이 곧 지금의 자신을 구성하는 요소 중 하나일 것이다.

바로 그 감정, 수십 년이 지나도 잘 잊히지 않는 그 감정에 형태를 입히는 방법으로 글을 떠올린 것이지만 실제로 행동으로 옮긴 적은 없다. 형태를 입힌다는 건 또 다른 말로 박제시키는 것처럼 느껴져서다. 그래서 진주가 제 이야기를 소설로 쓰고 싶다는 뜻을 얼핏 보일 때마다 흔쾌히 응하지 못한 것이다.

"제가 선생님 이야기를 소설……."

"그래요."

"정말요?"

"나는 진주 선생님이 원하는 삶을 살 수 있으면 좋겠어요. 내 이야기가 얼마나 도움이 될지는 모르겠지만, 지금 진주 선생님이 쓰고 싶은 게 내 이야기라면, 그것부터 시작해 봐요. 그리고……. 나도 궁금하기도 하고. 내가 기억하는 내 이야기가 다른 사람의 손에서 어떻게 나올지."

모든 사람에겐 이야기가 있다. 삶이란 결국 그런 것이다. 수많은 사람을 만나고, 그 관계 속에서 이야기가 만들어지고, 살아 있는 동안엔 그 이야기를 기억하고. 그런데 그 기억이 다른 이의 시선으로 재조직되는 순간엔 이미 저만의 이야기로 남지는 못할 것이다. 어쩌면 그래서 더 좋기도 하다. 저를 누르고 있던 수많은 기억으로부터 자유로워질 수 있는 하나의 방법 같아서.

"진주 선생님은 잘할 거예요. 못해도 괜찮고. 그냥 쓰는 것만으로도 충분해요."

2

인천공항 출입국 관리소를 지나온 재훈은 비행기 한 대가 활주로 쪽으로 천천히 이동하는 모습을 가만 내려다본다. 처음 한국을 떠날 때만 해도 비행기가 하늘을 나는 모습을 보고 싶어했었다. 그 활주로엔 그가 탑승해야 하는 비행기 단 한 대만 있었기에. 지금은 몇십 대의 비행기가 넓은 평야에서 비행 준비 중이다. 활주로 끝에 선 비행기는 점차 속도를 높이기 시작한다. 건물 안에서 유리 너머로 보고 있기에 웅장하게 울려 퍼지는 엔진 소리를 들을 수도 없고 땅의 진동을 느낄 수도 없지만 힘차게 공중으로 솟아오르는 모습을 보는 것만으로도 좋다.

앞으로 한 시간 후, 재훈도 활주로 위로 비상하는 미국행 비행기에 앉아 있게 될 것이다.

어쩌면 마지막이 될 수도 있는 비행.

재훈은 활주로로 이동하는 또 다른 비행기에서 시선을 거두고 저 먼 하늘 건너에서 저를 기다리고 있을 인향에게 전화를 건다.

니는 혼자가 아이다

초판 1쇄 발행 2023년 7월 8일

지은이 심재훈 · 김미조
펴낸이 신민식
펴낸곳 가디언
출판등록 제2010-000113호

주소 서울시 마포구 토정로222 한국출판콘텐츠센터 401호
전화 02-332-4103
팩스 02-332-4111
이메일 gadian@gadianbooks.com
홈페이지 www.sirubooks.com

편집 김민아
마케팅 이수정
디자인 미래출판기획

종이 월드페이퍼(주)
인쇄 제본 (주)상지사P&B

ISBN 979-11-6778-086-7(03810)